BERND LEIX

Blutspecht

KEINER SOLL SICH GETRAUEN Herbst 2013, wenige Monate vor Einrichtung des Nationalparks Schwarzwald: Eine Briefbombe zerfetzt die Hand einer Praktikantin im Naturschutzzentrum Ruhestein. Kurz darauf geht bei den Medien ein Schreiben ein. Die *Organisation Blutspecht* bekennt sich zu dem Anschlag und warnt jeden, der beim kommenden Nationalpark arbeiten will. Niemand soll sich sicher fühlen. Jeder kann Ziel der nächsten Attacke werden. So will die Terrorgruppe das Schutzgebiet in letzter Minute noch verhindern. Ohne Personal kein Park! Die Landesregierung nimmt die Drohung ernst und antwortet mit einem riesigen Polizeiaufgebot, zu dem auch das Team des erfahrenen Karlsruher Mordermittlers Oskar Lindt gehört.

Kurze Zeit später explodiert das Auto eines Naturschutzmitarbeiters. Zwei Polizisten werden dabei lebensgefährlich verletzt. Unmittelbar danach wird ein Jäger in seinem Geländewagen von einem herabstürzenden Felsbrocken in einen Wildbach geschleudert.

Die Polizei bläst zur Treibjagd auf den *Blutspecht* …

Der Schwarzwald ist seine Heimat. Bernd Leix wurde 1963 in Klosterreichenbach geboren und hat Forstwirtschaft studiert. Seit langem lebt und arbeitet er in Alpirsbach. Einige Jahre betreute er als Revierförster die von Kriminalität durchdrungenen Großstadtwälder des Karlsruher Hardtwaldes. Deshalb machte er die badische Fächerstadt häufig zum Schauplatz seiner Krimis mit dem behäbigen, Pfeife rauchenden Kommissar Oskar Lindt.

In Mordschwarzwald (2013) *thematisierte Bernd Leix brandaktuell die Widerstände gegen den geplanten Nationalpark Schwarzwald und erlangte damit eine hohe Aufmerksamkeit in den Medien. Auch in Blutspecht, dem neunten Oskar-Lindt-Krimi, greift er wieder die explosive Stimmung in der Bevölkerung auf.*

Bisherige Veröffentlichungen im Gmeiner-Verlag:
Mordschwarzwald (2013)
Fächerkalt (2012)
Fächergrün (2011)
Fächertraum (2009)
Waldstadt (2007)
Hackschnitzel (2006)
Zuckerblut (2005)
Bucheckern (2005)

BERND LEIX

Blutspecht

Oskar Lindts neunter Fall

Original

GMEINER

Besuchen Sie uns im Internet:
www.gmeiner-verlag.de

Im Ehnried 5, 88605 Meßkirch
Telefon 07575/2095-0
info@gmeiner-verlag.de

1. Auflage 2014

Lektorat: Claudia Senghaas, Kirchardt
Herstellung: Mirjam Hecht
Umschlaggestaltung: U.O.R.G. Lutz Eberle, Stuttgart
unter Verwendung eines Fotos von: © Ornitolog82 – Fotolia.com
Druck: GGP Media GmbH, Pößneck
Printed in Germany
ISBN 978-3-8392-1604-0

Personen und Handlung sind frei erfunden.
Ähnlichkeiten mit lebenden oder toten Personen
sind rein zufällig und nicht beabsichtigt.

PROLOG

*Spätsommer 2013 – im **Nordschwarzwald** kehrt Ruhe ein.*

*Zwar hat der Landtag in Stuttgart den **Nationalpark** noch nicht beschlossen, aber der Gesetzesentwurf wurde im Juni vom Ministerrat abgesegnet, und die zuständigen Behörden arbeiten fieberhaft an der Planung. Sobald das Parlament zustimmt, soll die Einrichtung des Schutzgebiets beginnen.*

Doch was ist aus denen geworden, die vehement gegen dieses Projekt gekämpft haben?

Die Leserbriefschlachten geschlagen haben?

Die zu Hunderten demonstriert haben?

Die mit ihren Traktoren und Lastwagen die Straßen blockiert haben?

Die Autos zerkratzt, Scheiben eingeworfen und Reifen zerstochen haben?

Die bei Versammlungen die Politiker angepöbelt, beschimpft und beleidigt haben?

Haben die Gegner resigniert?

Hat sich die Bevölkerung mit dem Park abgefunden?

Was ist in Baiersbronn aus den 78% geworden, die bei der Bürgerbefragung im Mai dagegen gestimmt haben?

Schauen jetzt alle nach vorne und versuchen, das Beste daraus zu machen?

Die Lage hat sich beruhigt – wirklich?
Nur scheinbar!

Mindestens einer ist enttäuscht.
Einer ist verbittert.
Einer ist wütend.
Einer ist zornig.
Einer beschließt, zu handeln.
Das Wort muss zur Tat werden!
Sein Ziel ist klar:
den Nationalpark verhindern, verhindern um jeden Preis.
Auch der Weg zum Ziel ist klar:
Niemand soll sich getrauen, beim Nationalpark zu arbeiten.
Niemand, der dort mitmacht, soll sich sicher fühlen.
Ohne Personal kein Park!
Ebenso einfach wie genial.

Er wird alleine handeln. Ganz alleine.
Nur dann kann es gelingen.
Keine Mitwisser – kein Risiko.
Er ist fit, er ist stark und er ist:
Der BLUTSPECHT!

1

Die Post brachte einen großen gepolsterten Briefumschlag. BÜCHERSENDUNG stand darauf gestempelt, rote Farbe auf festem braunem Papier. Ein gedruckter Aufkleber trug die Adresse:

Naturschutzzentrum Ruhestein
Schwarzwaldhochstraße 2
77889 Seebach

Wie jeden Tag sortierte Kathrin Schuler die Eingangspost. Die Abiturientin aus Freudenstadt arbeitete seit einigen Wochen am NAZ, wie das Naturschutzzentrum oben am Ruhesteinpass zwischen Murg- und Achertal kurz genannt wird. Biologie war das Studienfach ihrer Wahl und ein freiwilliges ökologisches Jahr im praktischen Naturschutz eine wunderbar passende Vorbereitung dazu. Die Stellen dafür sind rar, und so hatten sich Freund und Eltern richtig doll mit ihr gefreut, als im Juni die Zusage gekommen war. »Ein Mordsglück!« Leider wusste Kathrin zu diesem Zeitpunkt noch nicht, wie recht sie mit diesem Ausdruck haben sollte.

Sie beachtete gar nicht, dass der dicke Umschlag ohne Absender war, überlegte kurz, wo sie die Hülle am besten aufschneiden konnte, und nahm die lange vernickelte Büroschere in ihre rechte Hand.

Eine Sekunde später war ihre linke Hand nur noch ein blutiger Klumpen. Die Detonation ließ die Grundmauern der altehrwürdigen Villa Klumpp erzittern, und Kathrins Schmerzensschreie gellten durch das ganze Haus. Dann rutschte sie ohnmächtig vom Stuhl.

Eineinhalb Stunden nach der Explosion der Briefbombe im NAZ lag Kathrin Schuler bereits auf dem Operationstisch der Berufsgenossenschaftlichen Unfallklinik in Tübingen. Aus ihrem Mund ragte ein dicker Kunststofftubus, über den sie beatmet wurde, und eine Vielzahl von Kabeln übertrugen Kreislaufdaten an einen Überwachungsrechner. Verschiedene Infusionen versorgten das Mädchen mit Flüssigkeit als Ersatz für das verlorene Blutvolumen. Handchirurg Prof. Dr. Peter Leibhold warf einen Blick zur Anästhesistin: »Stabil?« Ein Nicken war die Antwort. Dann begann Leibhold, den dicken Druckverband um Kathrins linke Hand aufzuschneiden. Plötzlich spritzte ihm hellrotes Blut an den Kittel, doch sein assistierender Kollege war darauf gefasst und drückte mit der bereitgehaltenen Klemme blitzschnell die Arterie zusammen.

»Ein Glück«, sagte der Chefarzt und begann, sich vorsichtig in den Matsch von Blut, Haut, Sehnen und Knochen hineinzutasten. »Ein Glück, dass die Ersthelfer so schnell und professionell verbunden haben. Sie hätte ohne Weiteres verbluten können.«

»Auch mit dem Hubschrauber hatte sie Glück«, antwortete die Narkoseärztin. »Der *Christof 11* war gerade in Freudenstadt zum Heimflug nach Villingen-Schwenningen gestartet. Hat nur ein paar Minuten gedauert, bis er am Ruhestein wieder runter ging. Sonst kannst du dort an der Hochstraße lange warten, bis der Notarzt angefahren kommt.«

Professor Leibhold wurde ganz nachdenklich und starrte auf das zerfetzte Chaos, das einmal Kathrin Schulers linke Hand gewesen war: »Hier braucht unsere junge Patientin mehr als nur Glück. Viel mehr. Ob wir das wieder hinbekommen, kann ich beim besten Willen noch nicht sagen. Eins steht fest: Früher hätte man sofort amputiert.«

ORGANISATION BLUTSPECHT. Damit war das Bekennerschreiben unterzeichnet, das am Tag nach dem Anschlag bei der *Stuttgarter Zeitung*, beim *Südwestrundfunk* in Tübingen und beim *Schwarzwälder Boten* in Freudenstadt einging. Eine gewöhnliche Postsendung, einfacher weißer Briefumschlag, darin ein zusammengefaltetes Blatt.

Links der Text, rechts ein Foto.

Nur Verräter arbeiten im Nationalpark!
Wer das tut, muss büßen.
Jeder kommt dran.
Niemand ist sicher.
Der Knall im NAZ war erst der Anfang.
Stoppt diesen Schwachsinn!
Kein Nationalpark in unserem Nordschwarzwald!

Die Schrift prägnant und fett in roter Farbe, das Foto aufsehenerregend: Ein Schwarzspecht, festgekrallt an der grauen Rinde eines Buchenstammes, offensichtlich dabei, mit großer Energie und seinem langen spitzen Schnabel eine Höhle ins Holz zu hacken. Rings um den Vogel stoben die Späne, doch statt schwarzem Gefieder und roter Kappe trug dieser Specht rote Federn und einen schwarzen Schopf!

Darunter in dicken Lettern: ORGANISATION BLUTSPECHT

Die Geschehnisse trafen sowohl die Medien als auch die Polizei völlig unvorbereitet. Nach Ansicht der Spezialisten des Landeskriminalamts hatte sich das Aggressionspotential der Bevölkerung in den letzten Monaten deutlich verringert. Gegner und Befürworter standen sich zwar immer noch feindselig gegenüber, doch Ausschreitungen oder Krawalle waren nicht mehr vorgekommen. »Wir können bald wieder zum Normalbetrieb übergehen«, hatte der Freudenstädter Kripochef Franz-Otto Kühn noch vor wenigen Tagen in der großen internen Dienstbesprechung im Brustton der Überzeugung von sich gegeben.

Auch Presse, Radio und Fernsehen richteten ihren Fokus nicht mehr so sehr auf die Querelen in den dunklen Wäldern. Nur noch gelegentlich berichteten sie von Protestaktionen, wie etwa das aus vielen Menschen gebildete und aus der Luft fotografierte NEIN auf dem Hang des Skilifts Seibelseckle.

Doch jetzt war schlagartig wieder alles anders.

Sowohl Polizisten als auch Journalisten standen wie vom Donner gerührt.

Terrororganisation bombt gegen Naturschutz, schrieb Europas größte Tageszeitung in fetten roten Lettern und fügte an: *Wer steckt hinter BLUTSPECHT?* Das Bekennerschreiben mit dem feuerrot gefiederten Vogel wurde dabei in maximaler Größe abgebildet.

Der Kampf gegen den Nationalpark nimmt eine unvorstellbare Wendung, prangte unübersehbar auf der Titelseite der *Stuttgarter Zeitung*. Die mit langjährigem Insiderwissen aus der Schwarzwaldregion ausgestattete Redakteurin brachte es auf den Punkt: *Kein Personal – kein Nationalpark: BLUTSPECHT kann grün–rote Pläne zum Scheitern bringen.*

Die Politik jedoch reagierte mit trotzigem Zweckoptimismus: »Wir lassen uns von kriminellen Elementen nicht erpressen. Die Ermittlungen laufen bereits auf Hochtouren, und wir sind sicher, dass unsere Spezialisten diese unglaublich perfide Tat bald aufklären können.«

Die Organisation der Nationalparkgegner distanzierte sich eiligst auf das Schärfste von den verbrecherischen Machenschaften: »Niemand aus unseren Reihen würde zu solchen Mitteln greifen. Wir sind immer noch gegen den Park, aber unser Protest ist absolut friedlich!«

Verschiedene Fernsehsender sandten Aufnahmeteams in das obere Murgtal, um die Stimmung in der Bevölkerung einzufangen. Angst und Abscheu dominierten die

Interviews, doch auf die Frage der Reporter: »Könnten Sie sich vorstellen, im Nationalpark zu arbeiten?«, fand sich niemand, der uneingeschränkt ja sagen mochte.

Ausweichende Antworten wie: »Sicherlich hat die Fahndung demnächst Erfolg«, oder »Diese Bande wird hoffentlich bald geschnappt«, waren die Regel.

Im Lagezentrum der Polizei konnte man von einem solchen Optimismus nicht das Geringste spüren. Die Sonderkommission – auf direkte Anweisung der Landesregierung mit einer Personalstärke von über 100 Mann ausgestattet – bestand aus Beamten des Landeskriminalamts, der Bereitschaftspolizei und der Freudenstädter Polizeidirektion. Kripochef Kühn hatte zudem darauf bestanden, auch ein Ermittlerteam mit einzubinden, das in Sachen Nationalpark bereits einmal sehr erfolgreich gewesen war. »Der Oskar muss her. Unbedingt. Mit seiner ganzen Mannschaft.«

Damit war Oskar Lindt gemeint: Erster Kriminalhauptkommissar aus Karlsruhe und Leiter der dortigen Mordkommission. Ihm war es gelungen, zusammen mit seinen Kollegen Paul Wellmann und Jan Sternberg im Jahr zuvor als verdeckte Ermittler einen spektakulären Fall in Baiersbronn zur Aufklärung zu bringen.

»Oh nein, nicht schon wieder Schwarzwald …«, stöhnte Jan, als er die E-Mail aus Freudenstadt las. »Tagelang, wochenlang …«

Oskar Lindt jedoch wusste sofort, dass sein Team keine Alternative hatte: »Wenn es dumm läuft, sogar monatelang. Nach dem, was die Zeitungen schreiben, ist völlig klar: höchste Priorität. Dem können wir uns auf gar keinen Fall entziehen.«

»Und wie soll ich das meiner Familie erklären?«

Lindt begann eine seiner dicken Pfeifen zu stopfen und musterte den jungen Kollegen nachdenklich: »Jan, ich versteh dich nur zu gut. Mir wäre ein Fall hier in der Oststadt auch lieber. Auch Carla wird bestimmt nicht begeistert sein, wenn ich wieder weg bin, aber wir haben keine Wahl.«

Sternberg ließ sich in seinem Bürosessel kraftlos nach vorne rutschen: »Augen auf bei der Berufswahl, sag ich nur.«

»Polizistenlos. Wir müssen halt spuren«, versuchte ihn sein Chef zu trösten. »Aber vielleicht kannst du ja teilweise von hier aus recherchieren. Ich werd' sehen, was sich machen lässt.«

2

So kam es dann auch. Zunächst packten nur Lindt und Wellmann die Koffer. Jan Sternberg wurde für besondere Aufgaben vorerst im Karlsruher Polizeipräsidium belassen.

Im Schwarzwald hatte die große Lagebesprechung bereits stattgefunden. Deshalb informierte der Freudenstädter Kripochef Franz-Otto Kühn die zwei Badener separat über den aktuellen Ermittlungsstand.

Der Mann stand sichtbar unter Strom. »Alarmstufe rot«, keuchte er, und seine ebensolche Gesichtsfarbe ließ keinen Zweifel daran. »In Stuttgart drehen alle durch. Stellt euch nur mal vor, so eine Gruppe von Spinnern bringt das Prestigeprojekt der Landesregierung zu Fall. Der Schaden für die Politik wäre nicht auszudenken.«

»Dann hätten die Nationalparkgegner ihr Ziel erreicht«, nickte Paul Wellmann. »Wenn keiner mitspielt, stirbt der Plan.«

»Alle haben Kreide gefressen«, stöhnte Kühn. »Bedauern, wo man auch hinschaut. Glaubt bloß nicht, dass sich einer von denen jetzt öffentlich positioniert. Alle tun so, als würden sie von Mahatma Gandhi persönlich abstammen, zumindest, was ihre Gesinnung anbelangt. So oft, wie in den letzten Tagen habe ich die Worte ›friedlich‹ und ›gewaltlos‹ von denen noch nie gehört.«

»Aber was abgeht, wenn keiner zuhört …«, hob Oskar Lindt die Augenbrauen.

»Genau«, bestätigte Kühn. »Jede Wette, dass die ORGANISATION BLUTSPECHT schon eine große Menge stiller Bewunderer hat.«

»Die Idee an sich hat ja durchaus Erfolgspotential«, meinte Lindt. »Überlegt doch mal: Diese schrägen Vögel haben ein Ziel. Kein Nationalpark! Auf politischem Weg kommen sie nicht weiter, also suchen sie andere Wege. Den Gedanken an sich – jetzt mal völlig wertneutral betrachtet – finde ich fast schon genial. Ein Park, in dem niemand arbeiten will, kann gar nicht erst entstehen.«

»Oskar, ist das die ungewohnte Höhenluft?« Franz-Otto Kühn konnte noch gar nicht glauben, was er hier gerade gehört hatte. »Sympathisierst du etwa mit denen?«

Lindt grinste: »Nur wer weiß, wie sein Gegner tickt, kann ihn besiegen. In Straßburg hätten bei einem solchen Konflikt sicherlich nächtelang die Autos gebrannt. Hier dagegen sind die Leute brav. Sie wählen Schwarz und sind gewohnt, der Obrigkeit zu gehorchen.«

»Okay«, lenkte Kühn ein, »wenn du die Vorkommnisse nur mal rein theoretisch analysieren möchtest, kann das ein Ansatz sein.«

»Genau. Was war bisher? Nur ein paar kleinere Sachbeschädigungen. Aber jetzt stehen wir an der Schwelle zur großen Eskalation. So was hat es noch nie gegeben, deshalb meine ich, wir dürfen die BLUTSPECHTE auf gar keinen Fall unterschätzen. Findige Köpfe – dafür haben sie meine Anerkennung.«

»Lass das lieber hier keinen hören. Die Empörung ist riesig, zumal das verletzte Mädchen mit dem Nationalpark überhaupt nichts zu tun hatte. Freiwilliges Jahr im Naturschutz – und dann so was.«

»Sie war halt zur falschen Zeit am falschen Ort. Kollateralschaden eben. Aber insgesamt werte ich die Briefbombe nur als einen Warnschuss. Mit dem richtigen Sprengstoff …«

»… wäre sie wahrscheinlich ganz zerfetzt worden und nicht nur ihre Hand«, ergänzte Franz-Otto Kühn. »Andererseits sind wir uns alle einig, dass der Ruhestein jetzt besonders bewacht werden muss. Wir haben dauerhaft eine Streife dort stationiert. Das NAZ ist eindeutig Feindbild Nummer 1 für die Parkgegner. Keimzelle des Schutzgedankens und für die Gegner daher Quell allen Übels.«

Lindt schaute ihn durchdringend an: »Wir müssen die Personen schützen, nicht nur die Gebäude. Wenn BLUTSPECHT wieder zuschlägt, dann bestimmt nicht im Naturschutzzentrum. Oder glaubt ihr vielleicht, die spazieren dort rein und starten einen Amoklauf?«

Kühn schlug die Hand vor den Mund: »Denk doch nicht gleich an das Schlimmste, Oskar.«

»Wieso? Kannst du das ausschließen?«

Der Kripochef suchte nach Worten: »Ich … ich …«

»Genau«, unterbrach ihn Lindt. »Gar nichts lässt sich jetzt mit Sicherheit ausklammern. Wir müssen auf alles gefasst sein. Eine Taschenkontrolle habt ihr ja bereits eingerichtet. Gut und schön, aber wer schützt die zukünftigen Nationalparkbeschäftigten, wenn sie nach Hause fahren?«

»Oder nachts?«, setzte Paul Wellmann nach. »Oder am Wochenende?«

»Die wohnen …« Kühn kratzte sich am Kopf. »Eigentlich wissen wir noch gar nicht, wo die ganzen NAZ-Mitarbeiter alle wohnen. Aber das können die von der Streife sicherlich schnell herausfinden.«

»Lass mal«, wehrte Lindt ab. »Wir beide machen das.«

»Besonders gefährdeter Personenkreis«, stimmte sein Partner Wellmann zu, »wir fahren hoch auf den Ruhestein, erheben die Daten und lernen die Leute dabei gleich alle persönlich kennen. Das ist sicherlich kein Fehler.«

Der BLUTSPECHT ließ ihnen allerdings keine Zeit dazu.

Exakt in dem Moment, als die zwei Karlsruher Kommissare in ihren bequemen französischen Dienstwagen stiegen, um die Schwarzwaldhochstraße anzusteuern, machte sich auf dem Ruhesteinparkplatz in der Nähe des Bergwachtgebäudes ein Wanderer fertig. Die Temperaturen des sonnigen Septembertages waren selbst in den Hochlagen so angenehm, dass der Mann beschloss, seine leichte Jacke im Auto zu lassen. Mit eng anliegendem sandfarbenem Poloshirt, das seinen athletisch durchtrainierten Oberkörper betonte, der farblich passenden Cargohose eines bekannten schwedischen Outdoor-Ausrüsters und einer im selben Ton gehaltenen Baseballmütze entsprach er genau den Bekleidungsnormen des aktiven Schwarzwaldurlaubers. Er öffnete die Heckklappe des schwarzen BMW-Geländewagens, holte ein Paar Trekkingstiefel heraus, streifte seine bequemen Slipper von den Füßen, schlüpfte in die gut eingelaufenen Wanderschuhe und schnürte sie mit geübten Bewegungen. Der Mann verschloss den Wagen, rückte die Designersonnenbrille zurecht, fühlte kurz nach dem Inhalt beider Schenkeltaschen und reihte sich gemächlich in die Schar derer ein, die den herrlichen Sonnentag auf den Schwarzwaldhöhen genießen wollten.

Mit federnden Schritten ging er am Naturschutzzentrum vorbei, warf einen flüchtigen Blick auf die dort geparkten Autos, beachtete die Ruhesteinschänke nicht und nahm den Weg, der quer über den Skihang bergan führte.

Er ging nicht zu schnell. Langsamer, als man es von einem schlanken Sportler eigentlich erwartet hätte. Doch er hatte nicht vor, die drei älteren Spaziergänger, die vor ihm den Hangweg hinaufzogen, zu überholen.

Ab und zu blieb er deshalb stehen, tat, als würde er die Gegend betrachten, und ließ so den Abstand größer werden. Am Waldrand, bei der ersten Kehre, machte er wieder Halt. Zufrieden stellte er fest, dass im Moment niemand von hinten zu dicht aufschloss, angelte sein

Smartphone aus der rechten und ein kleines Faltfernglas aus der linken Oberschenkeltasche. Das Glas richtete er nach unten auf den Hof der altehrwürdigen Villa Klumpp, dem Sitz des NAZ.

Er erkannte eine Familie, die gerade aus der Eingangstür kam, zwei Erwachsene, vier Kinder. Also abwarten, erst mal ruhig durchatmen. Unbeteiligte durften nicht schon wieder zu Schaden kommen. Zumindest im Moment noch nicht …

Es dauerte einige Minuten, bis alle weit genug weg waren. Weit genug für den Befehl, den er durch die vorgespeicherte SMS übertragen würde. Der Daumen seiner rechten Hand näherte sich dem »Senden«-Button.

Halt! Jetzt waren es vier Personen, die in den Hof des NAZ einbogen.

Mist, noch mal warten.

Er ließ das Fernglas sinken und spähte den Weg entlang.

Von unten kam im Moment niemand, doch von oben näherten sich ihm zwei ältere Frauen mit Nordicwalkingstöcken. Die musste er auf jeden Fall noch vorbei lassen.

Glücklicherweise waren die beiden sehr in ihr Gespräch vertieft und würdigten ihn keines Blickes. Die Zeit, bis die zwei Schnatterenten weit genug weg waren, erschien ihm ewig.

Der Wanderer nahm das Fernglas hoch. Unten beim NAZ war niemand mehr zu sehen.

Jetzt gleich … jetzt! Er drückte auf das Smartphone.

Ein dumpfer Knall, eine Feuersäule. Der gepflegte ältere Jeep hinter dem Naturschutzzentrum stand voll in Flammen! Eine schwarze Qualmwolke breitete sich aus.

Ein Lächeln zog über das Gesicht des Mannes.

Bingo! Geht doch!

Erst der explodierende Brief, jetzt die Steigerung.

Eine Autobombe – wie im Irak oder in Afghanistan!

Schon wieder ein Schlag gegen diesen absurden Nationalpark!

Der BLUTSPECHT ist aktiv!

Niemand ist vor ihm sicher!

Schon gar nicht die, die in diesem historischen Gebäude da unten arbeiteten und bald gut dotierte Posten im Park erhalten sollten!

Der Wanderer ließ das Fernglas sinken und linste wieder in die Runde.

Wie nicht anders zu erwarten, waren die Gesichter sämtlicher Spaziergänger, die er von seinem Platz aus sehen konnte, auf den Ort des Geschehens gerichtet.

Prima! Der ideale Zeitpunkt, um nach hinten im Wald unterzutauchen.

Ein letzter Blick durch das Fernglas: Mehrere Gestalten mit Feuerlöschern stürzten aus der Eingangstür.

»Na dann löscht mal schön«, sagte der BLUTSPECHT grinsend halblaut zu sich selbst, »nicht dass die ›heilige Villa‹ noch Schaden nimmt.«

Im selben Moment passierte es: eine weitere Explosion, weitaus stärker als die erste. Zwei Personen wurden meterweit durch die Luft geschleudert. Ein glühender gelbroter Feuerball breitete sich aus.

Dem Mann stockte der Atem. Das hatte er nicht erwartet. Die Sprengladung war doch direkt am Benzintank festgeklebt gewesen. Konnte der erst verzögert explodiert sein? Oder hatte der Wagen etwa …?

Egal, jetzt nichts wie weg. Das Adrenalin in seinen Adern befahl: Flucht!

Er schlug sich hastig ins Gebüsch und war schon nach wenigen Metern vom Skihang aus nicht mehr zu sehen.

Dann zwang er sich wieder zur Ruhe. Wesentlich langsamer als zuvor schlich er vorwärts. Stieg über umgestürzte Stämme, kletterte über mehrere große Sandsteinblöcke und wand sich – immer am Hang entlang – durch dichte Stellen voller kleiner Fichten, deren Nadeln ihm schmerzhaft in die Arme pieksten.

Endlich, nach zehn Minuten, hatte er es geschafft. Ein breiter Waldweg lag vor ihm. Er kletterte die hohe Böschung hinunter und schaute sich vorsichtig um. Niemand zu sehen. Ein forstlicher Wirtschaftsweg eben und keiner der vielen Touri–Trampelpfade.

Der Mann nahm seine Kappe ab, die Sonnenbrille auch, zog sich das Shirt über den Kopf und schüttelte es aus. Nadeln, Erde und Rindeteilchen flogen davon. Schnell schlüpfte er wieder hinein und wischte noch flüchtig über seine Hose.

So, jetzt weiter, immer talwärts. Obertal war sein Ziel.

In der Ferne hörte er von unten das erste Martinshorn.

Oskar Lindt und Paul Wellmann fuhren auf der B 500, der Schwarzwaldhochstraße, kurz vor dem Schliffkopfhotel, als der Funkspruch sie erreichte.

»Explosion auf dem Ruhestein. Feuer und Verletzte. Alle verfügbaren Kräfte zum Naturschutzzentrum.«

Die beiden Kommissare schauten sich an.

»Scheiße«, sagte Paul, und Oskar nickte: »BLUTSPECHT! Die Sauerei geht weiter.«

Er griff hinter den Sitz, zog das Magnetblaulicht hervor und setzte es durch das offene Seitenfenster aufs Dach. Dann drückte er das Gaspedal durch und ließ den Sechszylindermotor des großen Citroën aufheulen.

Wellmann nahm den Handapparat des Funkgeräts: »Standort Schliffkopf, wir fahren an.«

Wenige Minuten später trafen sie ein. Beißender dunkler Rauch zog quer über die Straße. Lindt hatte Mühe, nicht mit dem Bordstein zu kollidieren. Er ließ den Qualm hinter sich, stoppte den Wagen in sicherer Entfernung und sprang hinaus. Das Blaulicht ließ er eingeschaltet.

Er rannte zur Heckklappe, zog zwei neongelbe Westen mit der Aufschrift »POLIZEI« heraus und warf seinem Kollegen eine davon zu. »Hier, zieh sie drüber!«

Dann eilten beide in Richtung des Brandherds.

Ein schockierendes Bild erwartete sie.

Zuerst sahen sie blau. Blaue Polizeiuniform. Blau und schwarz. Verkohlt und in Fetzen hing die Dienstkleidung an dem Streifenbeamten herunter, der seitlich im

Gras saß und gerade verbunden wurde. Laut stöhnend drückte er sich zwei weiße Kompressen auf die Augen. Eine jüngere Frau im Wanderdress schlang mit fachkundigen Bewegungen eine elastische Binde um seinen Kopf.

»Kennen Sie sich aus?«, rief Lindt ihr zu.

Die Frau nickte: »Krankenschwester. Hat starke Verbrennungen. Braucht dringendst einen Arzt …«

»Ist schon unterwegs«, antwortete der Kommissar und hoffte inständig, dass er recht hatte.

Einige Meter weiter der nächste Polizist. Auch er war sichtbar lädiert. Rücklings lag er auf einer Bank. Augen geschlossen, Gesicht und Hände voller Blut. Zwei Männer kümmerten sich um ihn. Ein geöffneter orangefarbener Erste-Hilfe-Koffer daneben.

»Ist er ansprechbar?«, keuchte Lindt. »Hallo, Kollege, können Sie mich hören?«, setzte er nach, ohne eine Antwort der Helfer abzuwarten.

Der Polizist schlug die Augen auf. »Mich hat's voll erwischt«, stöhnte er. »Ich krieg kaum Luft!«

»Hinsetzen, dann geht's besser«, beruhigte ihn Paul Wellmann. »Moment, ich helfe hoch.«

»Er … er … er hat den Feuerlöscher voll gegen die Brust bekommen«, stammelte der eine Ersthelfer. »Ich war grad noch in der Tür, als es zum zweiten Mal geknallt hat. Er ist mir quasi in die Arme geflogen.«

»Arbeiten Sie hier?«, wollte Lindt wissen.

»Biologe«, antwortete der Mann. Auch der zweite Helfer nickte. »Wir sind beide vom NAZ. Mein

Auto …« Er zeigte in Richtung des rauchenden Trümmerhaufens.

»Noch mehr Verletzte?«

Der Biologe schüttelte den Kopf: »Die beiden Polizisten sind als Erste raus. Dann kam die zweite Explosion.«

»Autogas«, sagte der andere.

Lindt griff zu seinem Handy, wählte die 110 und gab eine erste Lagemeldung durch. »Zwei schwerverletzte Kollegen. Brandwunden, Gesicht, Augen, Brust, vielleicht was Inneres.«

»Feuerwehr und Rettung sind unterwegs. Auch der Hubschrauber.«

»Die sollen noch einen schicken. Beiden geht's echt dreckig.«

»Unsere Kollegen, die zur Bewachung eingeteilt waren?«

»Ja«, antwortete Lindt kurz und kämpfte gegen den Kloß in seinem Hals an.

Dann legte er auf, nahm die Hand des nach Luft ringenden Polizisten. »Geht's schon ein wenig besser mit dem Schnaufen?«

»Klein bisschen«, stöhnte der Kollege. »Wer …?«

»Kripo Karlsruhe, ich bin Oskar, Oskar Lindt, und dort, der Paul ist mein Partner, Paul Wellmann.«

»Ach ja … kenn ich … die Namen … in der Besprechung.«

»Und vielleicht auch vom letzten Jahr?«

Der Polizist, grauhaarig und etwas füllig, schaute ihn

intensiver an und antwortete angestrengt: »Genau, die Sache … mit dem … Frieder … vom … vom … Murghotel.«

Lindt legte sich den Finger auf die Lippen: »Psst, nicht viel sprechen.« Die Hand seines Kollegen ließ er aber erst los, als der Notarzt des Hubschraubers heraneilte.

Paul Wellmann hatte sich zwischenzeitlich überzeugt, dass der zweite Schwerverletzte bei der Krankenschwester in guter Obhut war, und näherte sich dann vorsichtig dem Autowrack. Immer noch stieg beißender Rauch auf. Flammen waren nicht mehr zu sehen.

Ein großer, kräftiger Mann in Waldarbeiterkleidung stand mit einem Feuerlöscher parat.

»Falls es noch mal losgeht«, sagte er und deutete zur Wand der Villa Klumpp, wo mehrere der roten Löscher lagen. »Die fünf sind schon leer. Um ein Haar hätt's das Haus erwischt.«

Eine große Fläche schwarz verkohlter Schindeln an der Wand des NAZ sagte alles. Ein junger Kerl, vom Alter her Schüler oder Student mit einem Wasserschlauch in der Hand, ließ die versengte Fläche keinen Moment aus den Augen.

»Wer sind Sie?«, wollte Paul Wellmann wissen.

»Adrian. Adrian Stengele. Praktikant seit einem halben Jahr. Will mal Forst studieren.«

Paul nickte, dann schaute er zu dem Waldarbeiter: »Und er?«

»Der Gottfried. Unser Mädchen für alles. Zumindest für das, was mit praktischer Arbeit zu tun hat. Gottfried Gaiser. Unglaublich, was der alles kann.«

»Jetzt übertreib bloß net«, rief der Angesprochene herüber. »Mittlerweile weißt du auch schon, wie man Hammer, Axt und Schäleisen hält.«

»Oder einen Wasserschlauch«, meinte Paul Wellmann, dann war ein Martinshorn zu hören.

Kurze Zeit später standen mehrere Feuerwehrleute neben ihm.

»Möglichst kein Wasser mehr reinspritzen«, bat der Kommissar.

Der Kommandant verstand den Grund sofort: »Spurensicherung? Okay.« Dann wies er seine Kollegen an: »Nur Löschbereitschaft.«

»Und die Hauswand?«, wollte ein hochgewachsener junger Feuerwehrmann wissen.

»Abwarten. Die Wärmebildkamera kommt. Nichts Unnötiges.«

Tatsächlich war der Schaden am Gebäude nicht sehr groß. »Abschleifen und frisch streichen«, konstatierte Gottfried Gaiser später. »Ein Mordsglück, dass die Holzschindeln nicht richtig Feuer gefangen haben. Das hätten wir mit dem Gartenschlauch nicht mehr aufgehalten. Da wär' die ganze alte Bude abgebrannt.«

Die beiden Polizisten dagegen hatte es wesentlich schlimmer erwischt. Mit zwei Hubschraubern wurden sie in unterschiedliche Kliniken geflogen.

Der Jüngere, ein Familienvater mit drei kleinen Kindern, nach Ludwigshafen, wo sich Spezialisten für Brandverletzungen um ihn kümmerten und schon beim ersten Check einen monatelangen Aufenthalt mit umfangreichen Hautverpflanzungen prophezeiten. Das Augenlicht konnte glücklicherweise erhalten werden.

Der Ältere musste auf der Intensivstation der Freiburger Universitätsklinik sogar künstlich beatmet werden. Die Lunge und auch sein Herz waren durch die Druckwelle der Explosion und den Aufprall des schweren Feuerlöschers hochgradig in Mitleidenschaft gezogen worden. Daneben wurden zahlreiche offene Brand-, Schnitt- und Platzwunden konstatiert. Eine Prognose wollten die Ärzte am Tag des Unglücks noch nicht abgeben.

»BLUTSPECHT. Kein Zweifel«, stellte Oskar Lindt fest. Von den schockierenden Ereignissen sichtbar mitgenommen, war er dabei, eine Beruhigungspfeife zu stopfen, und lehnte neben Paul Wellmann im Schatten an der Sandsteinmauer des weiträumig abgesperrten Naturschutzzentrums. Mit einer Flasche Wasser in der Hand beobachteten die zwei Karlsruher Kommissare, wie ein Kranlastwagen den ausgebrannten Jeep Grand Cherokee verlud.

»Der Sprengstoff müsste eigentlich noch zu analysieren sein«, sinnierte Paul Wellmann. »Vielleicht kommen wir ihm damit auf die Spur.«

»Ob die Attentäter das mit dem Gastank wohl wussten?«, überlegte Lindt und hielt ein Streichholz an den Tabak. »Maximal heimtückisch, wenn sie gewusst haben, dass noch eine zweite Explosion zu erwarten war.«

Paul zuckte die Achseln und schaute dem abfahrenden LKW nach. »Hoffentlich findet die Technik was.«

»Und zwar schnell«, blies Lindt eine erste dicke Qualmwolke in die Luft.

»Für mich ist das Terrorismus, ganz klar, nichts anderes!« Franz-Otto Kühn trat mit hochrotem Kopf auf seine zwei Kollegen zu. »Wir sind doch hier nicht im Nahen Osten. Das muss eine komplett übergeschnappte Bande sein.«

»Gibt es schon wieder einen Bekennerbrief?«, wollte Lindt wissen.

»Noch nicht, Oskar, aber für mich liegt es auf der Hand, wer dahintersteckt. ORGANISATION BLUTSPECHT, verdammt, wenn ich das schon höre. Haben wir echt solche verblendeten Subjekte hier im Schwarzwald?«

»Hast du denn gedacht, Verrückte gibt es nur bei uns in Karlsruhe?«

»Deswegen haben wir euch ja hergeholt. Jahrzehntelange Großstadterfahrung. Ihr habt doch viel mehr von dem üblen Gesindel als wir hier auf dem Land.«

»Ich mache mir schon die ganze Zeit Gedanken, in welchem Milieu diese Täter zu finden sind. Vielleicht gar nicht in den üblichen miesen Kreisen. Wer weiß, hinter welchen Masken sich verbohrte Überzeugungstäter verstecken?«

»Apropos Erfahrung«, schaltete sich Paul Wellmann ein. »Habt ihr eigentlich Kollegen mit Videokameras im Einsatz?«

Kühn war sichtlich überrascht: »Du meinst, die Burschen stecken dort in der Gaffermenge?«

»Bei uns ist das mittlerweile Routine. Kein Tatort ohne Umfelddokumentation.«

Auch Lindt nickte zustimmend. »Kann ich nur empfehlen. Ab und zu haben wir schon verblüffende Entdeckungen gemacht. Du musst dich halt auf einige Stunden Fernsehglotzen einstellen.«

Kühn schüttelte ärgerlich den Kopf: »Mist, darauf hätte ich eigentlich kommen sollen. Ich frag mal nach, ob eines der Teams eine Kamera dabei hat.«

»Na ja, wenn ihr jetzt noch nicht damit angefangen habt ...«

Paul Wellmann vollendete süffisant lächelnd Oskars Satz: »... dann halt bei der nächsten Bombe.«

Kühns Gesichtsfarbe verdunkelte sich noch mehr: »Jetzt malt mir bloß nicht den Teufel an die Wand. Soll es vielleicht so weitergehen?«

»Franz, wir machen Jagd«, sagte Oskar Lindt, und seine Augen verengten sich zu schmalen Schlitzen. »Wenn es sein muss, quer durch den ganzen Schwarzwald. Bis in den hintersten Winkel, bis unter den letzten Wurzelstock, bis in den tiefsten Karsee, bis in die steilste Felswand. Treibjagd auf die BLUTSPECHTE. Tatütata, die Jagdsaison ist eröffnet!«

Was keiner ahnte: Der gesuchte Vogel flatterte exakt in diesem Moment vor den Augen der Jäger vorbei. Allerdings waren sie gravierend im Nachteil, denn ein rotes Gefieder mit schwarzer Kopfkappe wäre problemlos zu erkennen gewesen. Nicht aber ein schlanker, hochgewachsener Wanderer, der gerade an der Haltestelle aus dem Omnibus stieg. Der letzte des Tages auf der Linie Freudenstadt – Baiersbronn – Obertal – Buhlbach – Ruhestein – Schliffkopf. Ankunft 16:46 Uhr. Beige Bekleidung und dunkle Sonnenbrille – einer unter vielen Schwarzwald-Wanderern. Unauffällig mischte er sich unter die immer noch zahlreichen Schaulustigen vor dem polizeilichen Absperrband und versuchte, einen Blick zu erhaschen oder einen Gesprächsfetzen aufzuschnappen. Nach wenigen Minuten ging er aber ohne ein sichtbares Zeichen von Regung weiter und stieg schließlich am unteren Ende des Ruhesteinparkplatzes in einen schwarzen BMW X3.

Er schloss die Tür, öffnete das Handschuhfach und fühlte nach der Klarsichthülle, in der mehrere Kuverts steckten. Bis zur Leerung des Autobriefkastens auf dem Freudenstädter Marktplatz blieben ihm jetzt noch genau 35 Minuten Zeit. Das würde problemlos reichen.

3

Oskar Lindt, der noch voll unter dem Eindruck der schockierenden Ereignisse des Tages stand, konnte in seiner Baiersbronner Pension keinen Schlaf finden. Nach mehreren Stunden des Wachliegens war er deshalb kurz entschlossen in den dunkelroten Citroën XM gestiegen und zur großen Garage gefahren, in der das Autowrack untersucht wurde.

Die Kriminaltechnik arbeitete die ganze Nacht hindurch. Fieberhaft und fast ohne Pause zerlegten die Spezialisten die Reste des ehemals gut gepflegten fast 20 Jahre alten Jeep Grand Cherokee. Jetzt nur noch ein verkohlter Blechhaufen war der mit einem Achtzylindermotor versehene amerikanische Geländewagen noch am Vortag der ganze Stolz des NAZ-Mitarbeiters gewesen. Der Allradantrieb für schneereiche Winter oder holprige Waldwege und die Gasanlage für Treibstoffkosten in erträglichen Dimensionen.

»Einen Aufprall wie bei einem Verkehrsunfall hätte der Gastank bestimmt unbeschadet überstanden«, stellte der Leiter der Kriminaltechnik fest. »Für eine solche Belastung ist er konstruiert und geprüft. Feuer müsste er eigentlich auch aushalten. Dafür gibt es ein Sicherheitsventil, worüber das Gas kontrolliert abgebrannt wird.«

»Wenn aber direkt daneben eine Sprengladung den Benzintank zerreißt und ein ganz gewaltiges Feuer entsteht, fliegt anscheinend auch so ein Behälter in die Luft«, spann Lindt den Gedanken weiter.

»Oder das Ventil war defekt. Wir werden es prüfen.«

»An einem kohlschwarz verschmorten Ventil wollt ihr rausfinden, ob es vorher funktionsfähig war? Na dann viel Erfolg!«

»Gelegentlich sind schon Gasautos deswegen in die Luft geflogen«, meinte der Techniker. »Drum merke: Es gibt nichts, was es nicht gibt.«

»Unsere beiden Kollegen hatten damit natürlich nicht gerechnet.« Er holte tief Luft: »Und jetzt kämpfen sie ums Überleben.«

Der Techniker wischte sich mit dem Ärmel seines grauen Kittels kurz über die Augen: »Der Kurt hat noch zwei Jahre. Mann, so kurz vor dem Ruhestand und dann das.«

»Und der jüngere Kollege«, sagte Lindt. »Kleine Kinder, hab ich gehört.«

»Ja, der Jürgen. Schon lange hier im Streifendienst. Auch den kenn' ich gut. Hoffentlich packen es die beiden.«

»Hoffentlich«, wiederholte Lindt und ging zu einem langen Metalltisch an der Wand, auf dem die verkohlten, verschmorten und skurril verformten Einzelteile des verbrannten Wagens abgelegt waren.

»Habt ihr schon ein Zwischenergebnis?«, fragte er den Leiter der Kriminaltechnik.

»Alles einsammeln und dann lange genug puzzeln«, kam als Antwort. Er hob einen handtellergroßen undefinierbaren Fetzen hoch. »Ein Stück vom Tank, eigentlich nichts Besonderes. Aber das da«, er tippte mit seinem Kugelschreiber auf eine raue, unebene Stelle, »ist wahrscheinlich ein Rest von Klebstoff. Dabei bin ich mir schon ziemlich sicher. Eine bessere Probe wird gerade im Labor untersucht.«

»Also war der Sprengsatz am Tank festgeklebt?«

»Sieht ganz danach aus.«

Dann nahm der Techniker eine Schale in die Hand, in der ein Häufchen von kleinen und kleinsten Teilen lag, von denen manche metallisch glänzten.

»Das ist alles, was wir vom Zünder gefunden haben. Basiert auf Mobilfunktechnik.«

»Bei Anruf Knall?«

»Meistens eine SMS. Für einen geschickten Bastler heutzutage kein Problem mehr. Wer mit einem Lötkolben umgehen kann und ein klein wenig Ahnung hat, der kriegt das hin. Anleitung im Internet, Nachbauen erwünscht!«

»Der Sprengstoff selbst?«

»Das Labor analysiert noch. Eine ordentliche Menge, nicht nur der Inhalt von ein paar ausgekratzten Sylvesterraketen, so wie bei der Briefbombe. Auf jeden Fall hat es gereicht, um den Tank zu knacken.«

»Wenn es Profimaterial ist, lasse ich mal rumhören, wer so ein Zeug in der letzten Zeit verhökert hat«, überlegte Lindt. »Ich hab da einen an der Hand, der mir noch einen Gefallen schuldet.«

»Aus der Szene?«

Der Kommissar nickte: »Sechs Mal war er schon im Bau. Summe 17 Jahre. Dem reicht's so langsam. Ich hab ihn umgedreht … sozusagen. Jetzt gibt er mir ab und zu einen Tipp.«

»Oha«, staunte der Techniker. »Legal – illegal – ganz egal?«

Lindt schmunzelte: »Eher Grauzone. Mit 40 Dienstjahren weißt du schon, wie weit du gehen kannst, ohne deine Pension zu riskieren.« Dann verabschiedete er sich und ließ sich in die weichen Polster seines französischen Dienstwagens fallen.

Müde?, überlegte er. Nein, keine Spur. Oskar Lindt fühlte sich hellwach. Nachts um halb drei mitten im dunklen Schwarzwald.

Wohin?

Kneipe?

Fehlanzeige – garantiert hatte nichts mehr geöffnet. Höchstens eine Disco, aber der Lärm da drin hatte ihm noch nie gefallen. Jedes Mal, wenn er dienstlich in einem solchen Schuppen zu tun hatte, kam er halb taub wieder raus.

Also wohin dann?

Lindt fuhr einfach los. Vielleicht brannte ja irgendwo noch Licht. Die Straßenlampen waren jedenfalls schon seit Stunden abgeschaltet. Nix Großstadt, Schwarzwald halt.

Zum Glück war wenigstens das Nachtprogramm im Radio ganz nach seinem Geschmack. Auf der Frequenz von SWR4 sendete *Saarlandwelle 3* für die gesamte ARD. Die angenehme Stimme des Moderators drang an sein Ohr. »Die Nacht ist mein Freund.« Noch einer, der nicht schlief.

Lindt fuhr zurück nach Baiersbronn, überlegte, von wo aus er am meisten sehen könnte, und folgte instinktiv einer schmalen Straße bergauf bis zum Waldrand.

Dort stellte er den Motor ab, öffnete die Scheiben, zündete eine Pfeife an und kramte sein großes starkes Fernglas hervor.

Ob die BLUTSPECHT–Kerle jetzt schliefen?

Hier in Baiersbronn?

Irgendwo da unten im Dunkeln?

Zufrieden mit ihrem zweiten Anschlag?

Zufrieden mit zwei halbtoten Polizisten?

Vielleicht brachte aber auch gerade einer das Bekennerschreiben zum Briefkasten?

Beim ersten Mal war es eine ganz normale Postsendung gewesen.

Äußerlich unauffällig, Aufmachung wie Geschäftspost, Profiarbeit ohne jegliche Spuren.

Lindt überlegte: Hätte man den Inhalt aller Briefkästen abfangen und vorab sichten sollen? Neutrale Couverts herausziehen? Solche, die an Zeitungen oder Radiosender adressiert waren?

Doch was hätte eine derartige Aktion gebracht?

Nur das Wissen, in welchen Postkasten die Sendung eingeworfen worden war. Der Kommissar schüttelte den Kopf: In Baiersbronn gab es so viele Möglichkeiten, Briefe einzuwerfen. Irgendwo in der weitläufigen Gemeinde zwischen Friedrichstal und Hinterlangenbach, zwischen Buhlbach und Schwarzenberg.

Eine Mega-Aktion mit zweifelhafter Aussicht auf Erfolg.

Und was, wenn die BLUTSPECHT-Aktivisten gar nicht hier wohnten, sondern vielleicht in Forbach, Besenfeld oder Freudenstadt?

Nein, es musste einen anderen Weg geben, um denen auf die Spur zu kommen.

Vielleicht brachten die Laborergebnisse einen Fortschritt. Hoffentlich, denn sonst hatte Oskar Lindt im Moment überhaupt keine Idee.

Er nahm sein Fernglas wieder hoch und begann, die wenigen Lichtpunkte im Tal zu betrachten. Sowohl Baiersbronn selbst, das zu seinen Füßen lag, als auch Mitteltal und Tonbach in einiger Entfernung hatte er im Blick.

Nach und nach gewöhnten sich seine Augen an die Lichtverhältnisse, und dort, wo das schwache Mondlicht hinfiel, konnte er auch einzelne Gebäude erkennen, obwohl die Straßenbeleuchtung immer noch ausgeschaltet war.

Gegenüber am Waldrand ein erleuchtetes Fenster – des Kommissars Blick saugte sich daran fest. Sein Puls wurde schneller.

Lindt war jetzt ganz Jäger. Fühlte sich auf dem hochgelegenen Beobachtungsposten wie auf einer Jagdkanzel. Er lag auf der Lauer. Wollte das gefiederte blutrote Wild zur Strecke bringen.

Ein Schauer durchfuhr ihn. Die Hände zitterten. Jagdfieber! Eindeutig.

Was, wenn genau dort drüben die BLUTSPECHT-Zentrale zu finden wäre?

Wenn eben hinter jenen Scheiben genau in diesem Moment ein paar finstere Gestalten zusammenhockten und den nächsten Coup ausbrüteten?

Hinfahren und festnehmen – leider nur ein Wunschgedanke – so einfach würde es sicherlich nicht werden.

Doch welche Menschen würde man dort antreffen?

Nur Männer? Oder auch Frauen?

Grobschlächtige Radikale oder feinfühlige Intelligente?

Verbohrte Nationalparkgegner oder Kriminelle mit ganz eigenen Interessen?

Und was planten sie als Nächstes?

Wieder ein Feuerwerk oder eine andere Art von Anschlag?

Wen würden sie ins Fadenkreuz nehmen?

Die Mitarbeiter des Naturschutzzentrums waren jetzt gewarnt und verhielten sich bestimmt besonders vorsichtig, doch welche Zielgruppe käme sonst noch infrage?

Lindt erinnerte sich an die Informationen, die Franz-Otto Kühn gegeben hatte: Auch aus den Forstverwaltungen sollte Personal zum Nationalpark übergehen. Waldarbeiter, Verwaltungsmitarbeiter und Förster. Solche, die in ihrer jetzigen Arbeit bereits irgendwie mit den Wäldern, aus denen der Park entstehen sollte, zu tun hatten. Um die 30 Personen aus den drei Landkreisen Freudenstadt, Ortenau und Rastatt.

Namen standen allerdings noch nicht fest.

Ob als Nächstes einer von denen daran glauben musste?

Lindt nahm sich vor, diesen Gedanken am kommenden Vormittag bei der Lagebesprechung zur Sprache zu bringen.

Der BLUTSPECHT war ihm leider erneut eine Nasenlänge voraus.

Dieses Mal nicht in Allerwelts-Wanderkleidung, sondern in Camouflage bestens getarnt, hockte er im Buschwerk einer steilen Böschung. Einige Meter unterhalb verlief ein asphaltiertes Waldsträßchen, darunter der tief eingeschnittene Bachlauf der Roten Murg. Nicht allzu weit von der Teufelsmühle, einem tiefen Gumpen im Bachbett. Dort hatte im 17. Jahrhundert eine Gruppe mutiger Baiersbronner die gefürchteten räuberischen Rotmäntel vernichtend geschlagen. Einzig ihr Hauptmann war gegen alle Waffen gefeit gewesen und auch als Gefangener auf gar keine Weise umzubringen. Er überstand sogar drei Tage, mit dicken Steinen beschwert, im tiefen Wasser der Murg. Erst als man ihm drei eingewachsene geweihte Hostien aus der Hand schnitt, starb er. Sein Blut färbte das Wasser drei Tage lang tiefrot – daher der Name Rotmurg für den schäumenden Waldbach zwischen Ruhestein und Obertal.

Am frühen Abend war er zu Hause weggefahren, und wieder hatte er eine der vielen Parkmöglichkeiten am Ruhestein angesteuert. Dieses Mal parkte er unterhalb der Straße. Ein Platz, der sich zu dieser Tageszeit schon fast komplett geleert hatte. Er achtete peinlich genau darauf, dass er von der Fahrbahn aus nicht zu sehen war.

Als es leicht zu dämmern begann und die zwei letzten Wagen in seiner Nähe abgefahren waren, legte der BLUTSPECHT los.

Es dauerte nur zwei Minuten, bis er das ganz in modischem Mattschwarz lackierte Mountainbike vom Heckträger des blauen VW-Campingbusses genommen und sich Radlerhelm, Rucksack, sowie eine getönte Sportbrille aufgesetzt hatte. Das Trikot in Neongrün, braun gebrannte muskulöse Schenkel und Unterarme – fertig war der sportliche Aktivurlauber, der problemlos als Werbefigur für die Baiersbronn-Touristik hätte dienen können.

Kraftvoll trat er in die Pedale und bog nach kurzer Fahrt auf der Landstraße in den Waldweg ein, der talab führte. Einige Kilometer Risiko musste er überstehen. Falls ihm jetzt ein Holzlaster, ein Jäger oder eine Waldarbeitergruppe entgegenkäme, könnte sich später möglicherweise jemand an ihn erinnern.

Aber woran? Wohl doch nur an einen der vielen Sportler, die mit ihren Bikes zu allen Tages- und Nachzeiten die Waldwege unsicher machten. Helm, Brille und Radkleidung würden ihm genug Schutz geben. Dessen war er sich sicher, und tatsächlich stand Fortuna auf seiner Seite.

In maximalem Tempo fuhr er zu Tal. Niemand begegnete ihm. Kurz vor dem Ziel bog er ab. Rechts hoch. Wieder bergauf. Ein geschotterter Holzabfuhrweg. Nur ein kurzes Stück, dann hielt er an. Genau an der Stelle, die er dafür ausgesucht hatte, nahm er das Bike auf die Schulter und stieg in den Hang hinab. Dort die Gruppe zimmerhoher Fichten. Er tauchte in das dichte Grün, lehnte das Fahrrad an und atmete tief durch. Hier drin fühlte er sich absolut unsichtbar. Jetzt konnte der Rest auch nicht mehr schiefgehen.

Das Glück war eindeutig mit ihm. Mit ihm und seinen Aktionen. Er sah es als Zeichen: Du bist auf dem richtigen Weg. Dieser unnötige, geldverschwendende und gegen die Mehrheit der örtlichen Bevölkerung gerichtete Nationalpark musste verhindert werden. Auf jeden Fall! Unter allen Umständen! Er ballte die Faust und streckte sie in die Höhe. Er würde dieses sinnlose Projekt zu Fall bringen. Er, der BLUTSPECHT. Um jeden Preis!

Pah, was zählen denn schon ein paar Menschenleben? In Afrika verhungern die Leute zu Hunderttausenden. Das wissen alle, doch wen stört es noch groß? Höchstens an Weihnachten, da gehen die Geldbeutel des schlechten Gewissens wieder auf. Da spendet man schnell ein paar Euro und kann wieder in den Spiegel sehen, ohne sich zu schämen. Pfui, diese Gleichgültigkeit in der westlichen Wohlstandsgesellschaft – zum Kotzen! Aber für so ein schwachsinniges grün-rotes

Prestigeprojekt, dafür kann man Millionen ausgeben, ohne mit der Wimper zu zucken.

Er wusste, dass es recht war, was er tat. Vielleicht nicht vor dem Gesetz, ganz sicher aber vor seinen eigenen moralischen Maßstäben. Die waren richtig. Die waren gültig. Nicht das, was irgendwelche lobbygesteuerten Parlamente für Recht erklärten.

Er hatte ohnehin die richtigen Opfer ausgewählt. Wer beim Park arbeiten wollte, würde ihn kennenlernen. Kennen und fürchten lernen. Ihn, den BLUTSPECHT!

Er öffnete den Rucksack und zog die Tarnkleidung heraus. Jacke und Hose, ganz leicht und dünn. Ideal zum Überziehen. Braun- und Grüntöne, ganz wie im herbstlichen Wald, ein Muster aus Blättern und Zweigen aufgedruckt, optimal angepasst. Seine menschlichen Konturen verschwammen total mit dem Hintergrund. Im Sortiment eines Versandhandels für Jäger war er fündig geworden. Kleidung, die den Menschen für das Wild nahezu unsichtbar machte.

Auch ihn würde der Hirsch, den er jagen wollte, nicht erkennen können. Eine gleich gemusterte Mütze mit Gesichtsschleier und passende Handschuhe komplettierten die Tarnung.

Jetzt hatte er nur noch ein kurzes Stück vor sich. Schnell huschte er weiter. Es dämmerte bereits, aber das Licht reichte aus, um zu erkennen, wohin er trat.

Oberhalb der Waldstraße hatte der BLUTSPECHT sein Ziel erreicht. Hinter zwei ausladendem Büschen legte er sich auf die Lauer. Den dicken Stock – bereits vor einigen Tagen aus den Haselnusshecken zurecht gesägt und hier verborgen – hielt er mit seiner Rechten fest umklammert. Die linke Hand fühlte über den großen … rauen … roten … Sandsteinblock.

Eine halbe Stunde müsste er warten. Mindestens, vielleicht auch länger. Zeit spielte jetzt keine Rolle mehr. Das Wild, dem er nachstellen wollte, hatte *hier* seinen Hauptwechsel. Nahezu täglich kam es *hier* vorbei. Er würde es *hier* zur Strecke bringen!

Die gut versteckten Wildkameras, die er seit einiger Zeit an den wichtigsten Waldwegen installiert hatte, lieferten eine Fülle von Informationen.

Der kleine Geländewagen war sehr häufig auf den Fotos zu sehen. Manchmal mehrfach am Tag, nahezu regelmäßig am Abend. Dann, wenn es schon recht dunkel war. Dann, wenn er von der Jagd nach Hause fuhr. Jetzt würde der Fahrer des Suzuki selbst zum Gejagten werden.

Er, der bald im Nationalpark arbeiten sollte. Er, der dort arbeiten *wollte*. Einer der wenigen Förster, die sich dafür entschieden und daraus auch in der Öffentlichkeit keinen Hehl gemacht hatten.

»Pech für dich, doch der BLUTSPECHT kennt kein Erbarmen. Keiner soll sich getrauen!«, zischte der Mann in Tarnkleidung und schob den dicken Haselnussknüppel noch ein Stück weiter unter den dicken Buntsandsteinquader.

Dann verharrte er wieder reglos und spähte hinunter zum Waldsträßchen.

Die Situation hatte er genau durchkalkuliert. Eine Generalprobe gab es nicht, seine Berechnungen mussten genügen, doch er war zuversichtlich. Er ging aufs Ganze. Es konnte nur gelingen!

Er zuckte zusammen. Ein Lichtschein! Ja genau, dort hinten, noch einige Hundert Meter entfernt. Zwei helle Punkte, die näherkamen. Dann das Motorengeräusch.

Mit beiden Händen fasste er den Haselstock. Kräftig, zäh und lang. Dick genug, den kleinen Fels umzukanten. Gewaltig ist des Menschen Kraft, wenn er mit dem Hebel schafft!, schoss ihm durch den Kopf.

Der Suzuki kam näher. Unverwechselbar der Klang des Motors. Er hörte ihn täglich. Kein Zweifel, das war seine Beute.

Der richtige Zeitpunkt?

Sein Gefühl sagte: jetzt!

Mit voller Kraft beider Arme drückte er. Leichter als gedacht ließ sich der massige Stein heben. Einmal – zweimal – dreimal, schneller werdend überschlug er sich immer wieder, polterte krachend die Böschung hinunter, walzte dünnes Gesträuch platt und knallte mit großer Wucht genau in die Beifahrerseite des Geländewagens.

Wie von einer riesigen Faust getroffen, schob es den leichten Suzuki aus der Spur. Er schlingerte, geriet auf das grasbewachsene Bankett, drehte sich um die eigene Achse, stürzte kopfüber die tiefe Böschung hinunter. Glas splitterte, Blech verformte sich schrill quietschend. Beim Aufprall auf einen großen Wackerstein drückte sich das Wagendach ein, der Suzuki rutschte weiter und blieb kopfunter im Wasser der Roten Murg liegen.

Schlagartig Stille.

Einzig ein entsetzter Laut aus dem Mund des Getarnten: »Aaaaah!«

Der Wagen war blau! Blau, nicht grün!

Der Mann konnte sich nicht rühren. Erstarrt stand er oben im Hang, unter sich die Schneise der Zerstörung, die der dicke Steinblock ins Grün geschlagen hatte.

Wer war das?

Wer lag dort unten im Bach?

Blauer Suzuki?

Er kannte nur einen. Der musste es sein, ziemlich sicher.

Auch einer aus Obertal, der Hans-Jörg, ein junger Familienvater, Hobbyjäger, gelegentlich mal auf den Fotos der Wildkameras, eher selten.

Er hatte den Falschen erwischt.

Schon wieder!

Er zuckte die Schultern – halt dumm gelaufen!

Zur falschen Zeit am falschen Ort.

Vielleicht war er ja gut versichert …

Dann der Lichtschein.

Ein weiterer Wagen kam von hinten.

Panik ergriff ihn.

Legte sich wie ein enger Ring um seine Brust.

Flucht!

Ohne nachzudenken, rannte er den Hang hinauf.

Möglichst weit weg, bevor das Auto kam.

Er konnte das Gelände in der Dunkelheit kaum noch erkennen. Trotzdem gab er sein Äußerstes und hastete gebückt weiter.

Plötzlich trat das rechte Bein ins Leere. Ein Loch, das er nicht bemerkt hatte. Er fiel vornüber, konnte sich mit den Armen zwar noch auffangen, aber sein Knie krachte hart gegen einen Stein, schrammte daran entlang. »Auuu!« Er unterdrückte den Schrei, biss die Zähne zusammen, rollte sich zur Seite und umfasste mit beiden Händen das lädierte Gelenk. Er fühlte den zerrissenen Stoff, fühlte feucht, fühlte warm. Blut! Die Verletzung blutete. Vielleicht nur eine Abschürfung? Vorsichtig lockerte er die Umklammerung und versuchte, sein Bein zu strecken. Das tat zwar weh, aber es ging. Gott sei Dank!

Schon wollte er sich wieder hochrappeln, um weiter zu flüchten, als er in den Augenwinkeln den Lichtschein bemerkte. Der zweite Wagen! Bereits verdammt nahe. Ob das Fernlicht ihn …? Er presste sich flach auf den Boden, wagte kaum zu atmen. Instinktiv kniff er die Augen fest zusammen. Augen reflektieren!

Er öffnete sie erst wieder, als von unten knirschende Bremsgeräusche zu hören waren. Vorsichtig linste er zum Weg hinab. Der Atem stockte ihm.

Da stand genau der grüne Suzuki Jimny, auf den er es eigentlich abgesehen gehabt hatte. Das Fernlicht strahlte auf den Felsblock, der jetzt direkt vor dem Wagen mitten auf der Fahrbahn lag.

»Verdammt noch mal«, schallte von unten hoch. »Was soll denn das?«

Der Fahrer war ausgestiegen und betrachtete das Hindernis. »Wo zum …?« Dann verstummte der grün gekleidete Mann.

Jetzt hat er die Spuren des anderen entdeckt!, schoss dem BLUTSPECHT durch den Kopf, und genau so war es.

Förster Friedbert Schwarz hastete zu seinem Wagen zurück, riss die Tür auf und griff hinein. Der helle Lichtstrahl einer Stablampe durchschnitt die Nacht, leuchtete auf dem Wegbankett entlang und dann hinunter ins Bachbett. Ein markerschütternder Schrei hallte durch die Dunkelheit. Reflexartig kniff der Getarnte seine Augen wieder zusammen und duckte sich tiefer. Dann hörte er lautes Rufen, verstand »Hallo, hallo, Hans-Jörg, sag doch was, hallo.«

Der BLUTSPECHT getraute sich wieder, in Richtung Weg zu schauen. Der Kopf des Försters tauchte gerade über der Böschungskante auf. Offensichtlich schwer atmend stemmte sich der Mann auf allen Vieren aus dem Steilhang des Bachbettes nach oben. Er rannte zu seinem Auto, die Hecktür flog auf, und er hielt ein langes metallenes Werkzeug in der Hand – ein Fällheber, wie ihn die Waldarbeiter benutzten, um Bäume zu drehen oder die Stämme beim Fällen in die vorgesehene Richtung zu drücken. Damit eilte er zurück und rutschte wieder hinunter zum havarierten Wagen. Der Getarnte hörte Poltern, Klopfen, dann ein lautes Krachen. Das musste die Tür sein.

Doch dann wurde es eng – nicht für den Förster, sondern für ihn, den Anarchisten, den Nationalparkgegner, den BLUTSPECHT!

Eine Bewegung unten auf der Waldstraße – ihm stockte der Atem. Der Hund von Förster Schwarz war irgendwie aus dem Auto ins Freie gelangt. Er war gut zu erkennen, der Bayerische Gebirgsschweißhund. Dunkelrotes kurzhaariges Fell, schwarze Gesichtsmaske. Ein Muskelpaket, das schon manches angeschossene Reh am Hals gepackt und abgewürgt hatte. Sogar schwaches Rotwild zog er nieder und hielt es fest, bis sein Herr kam, um dem Opfer den Fangschuss zu geben. Voll stand er jetzt im Scheinwerferlicht, unschlüssig, was er mit der überraschend gewonnenen Freiheit anfangen sollte.

Panik erfasste den BLUTSPECHT. Schlagartig begann er stark zu zittern, dann hatte er sich wieder im Griff. Eigentlich lag er gut versteckt, mehr als 50 Meter entfernt im Wald oberhalb des Geschehens, doch für eine spezialisierte Hundenase war das keine Entfernung Der wird doch nicht …? Doch, er tat es!

Alf, der Schweißhundrüde, hob die Nase in den Wind. Dann spurtete er los. Vier, fünf Sätze die Wegböschung hoch bis zu der Stelle, wo der Stein gelegen hatte. Dann weiter auf der Fährte des BLUTSPECHTS. Es dauerte nur wenige Sekunden, bis er den Mann erreicht hatte. Er begann, leise und unsicher zu knurren. Nein, kein Rotwildschweiß, er witterte Menschenblut. Blut aus der Kniewunde. Das verwirrte Alf kurzfristig, denn

Menschen gegenüber war er bisher immer freundlich gewesen.

Noch mehr verwirrte ihn, dass er die Witterung dieses Menschen ganz genau kannte. So roch doch sein Nachbar, ja, der Nette, der ihm über den Gartenzaun hinweg immer den Kopf tätschelte. »Alf«, flüsterte der BLUTSPECHT, der vor ihm im Farn saß. »Alf, ich bin's. Kennst mich doch.«

Alfs Schwanz begann zu wedeln. Er kam noch zwei Schritte näher, schnupperte an der ausgestreckten Hand, deren Geruch er so gerne mochte, die er jetzt freudig ableckte, die ihn dann am Halsband festhielt … die ihn dichter zu sich her zog …

Alf bemerkte den spitzen Stein in der anderen Hand des BLUTSPECHTS nicht. Jäh fuhr der mit voller Wucht auf den Hund nieder und zertrümmerte brutal sein Schädeldach. Alf starb ohne den geringsten Klagelaut. Seine Läufe zuckten noch kurz, dann war der Todeskampf vorbei. Schade, schade, er war so ein schöner Hund.

Von alledem konnte Friedbert Schwarz nichts mitbekommen, denn tatsächlich hatte er es jetzt endlich geschafft, bis zu den Knien im eiskalten Bachwasser stehend zum Fahrer des Unfallwagens vorzudringen, der schräg und kopfunter bewusstlos im Sicherheitsgurt hing.

Er musste den Jäger rausbekommen. Was, wenn der Suzuki zu brennen begann? War da nicht ein komisches Zischen vorne im Motorraum?

Nein, es gab keine Alternative. Hilfe holen? Vergiss es! Keinerlei Handyempfang in dem engen Waldtal! Er kannte die Funklöcher im Revier ganz genau. Entweder musste er zurückfahren und weiter oben im Hang versuchen, Verbindung zu bekommen, oder talwärts dem Waldweg nach, weiter vorne, fast bei der Ruhesteinstraße. Aber hier? Ausgeschlossen! Nicht dran zu denken. Ohne lange zu überlegen, tastete der Förster nach dem Gurtschloss. Klick, der Bewusstlose rutschte direkt in seine Arme. Mit übermenschlicher Kraft packte er den Mann unter den Achseln und zerrte ihn aus dem engen Geländewagen ins Freie. Ein paar Schritte rückwärts durchs Wasser, dann konnte er ihn an einer flachen Stelle am Ufer des Baches ablegen.

Atmung – Puls! Erst vor drei Monaten hatte er sein Erste-Hilfe-Wissen aufgefrischt. Jetzt war er dankbar dafür. Hans-Jörg Günther lebte! Einen Moment überlegen. Ja, stabile Seitenlage. Auch die beherrschte Friedbert Schwarz noch. Doch dann musste er seinen Jagdgast alleine lassen, um Hilfe zu holen. Er hatte keine Wahl. Die steile Böschung zum Weg würde er ihn niemals alleine hochziehen können. Schnell schlüpfte er noch aus seiner Fleecejacke und stopfte sie dem Jäger unter den Kopf, dann krabbelte er wieder nach oben.

Eiligst sprang er auf den Fahrersitz. Vor Aufregung bemerkte er überhaupt nicht, dass sein Hund aus dem Laderaum verschwunden war.

Konnte er an dem großen Stein vorbeikommen? Nein, ausgeschlossen! Links der Abhang zum Bach, rechts ein tiefer Wassergraben. Oder schaffte er es, ihn zur Seite zu schieben?

Der Förster drückte zwei Tasten: Allrad und Untersetzung, dann fuhr er vorsichtig an. Ein kleiner Rumpler, seine Stoßstange hatte Kontakt. Ganz gefühlvoll ließ er die Kupplung wieder kommen … tatsächlich, der Felsbrocken bewegte sich, rutschte auf dem Splitt der Wegoberfläche weiter. Aber halt! Bloß nicht zur Talseite! Nicht zum Bach hin. Dort unten lag doch Hans-Jörg Günther. Nicht auszudenken, wenn …

Schnell riss er den Rückwärtsgang hinein, setzte ein paar Meter nach hinten und fuhr am äußersten talseitigen Fahrbahnrand wieder bis zum Stein. Jetzt einschlagen. Tatsächlich, es gelang. Quietschend und knirschend schob sich der schwere Brocken hinüber zur Bergseite und rollte schließlich in den Graben.

Der Förster wischte sich mit der Hand den Schweiß von der Stirn, nahm Untersetzung und Allrad heraus und brauste Richtung Obertal. Der Rest war Routine.

Die Bergwacht kam zuerst, die Feuerwehr gleich hinterher. Vom gemeinsamen Gerätehaus aus brauchten die Retter nur wenige Minuten. Notarzt und DRK-Rettungswagen aus Baiersbronn folgten kurze Zeit später. Immer noch atmete Hans-Jörg Günther. Bewusstlos zwar, aber am Leben. Im gleißenden Licht starker Scheinwerfer legte der Arzt mehrere Infusionen, spritzte Narkosemedikamente – Ketanest, Dormicum – und schob dem Schwerverletzten einen Beatmungsschlauch in die Luftröhre. Dann gab er ihn zum Transport frei.

Mit einer Vielzahl von Gurten wurde er auf einem Rettungsbrett, einem Spineboard, so fest fixiert, dass er sich überhaupt nicht mehr bewegen konnte, und dann von den Spezialisten der Bergwacht in waagerechter Lage über die steile Böschung hochgeseilt. Eine halbe Stunde später befand er sich bereits in den Händen der Chirurgen, Anästhesisten und Radiologen des Freudenstädter Kreiskrankenhauses.

Der BLUTSPECHT aber hatte zwischenzeitlich schleunigst das Weite gesucht. Bergauf natürlich, denn dass die Rettung von unten kommen würde, war ihm klar. Trotz des lädierten Knies gelang ihm das dank seiner optimalen Kondition in Rekordzeit. Unbemerkt erreichte er wieder den Ruhestein.

Das Bike flog auf den Heckträger des Campers, und der dunkelblaue Bus brauste über die Schwarzwaldhochstraße in Richtung Freudenstadt. Dann über Baiersbronn zurück nach Obertal. Das Garagentor öffnete automatisch. Er parkte den Bus neben seinem schwarzen BMW X3.

Einen schnellen Blick warf er noch zum Nachbarhaus. Das Auto des Försters stand nicht auf dem üblichen Parkplatz. Ja, der Alf. Jetzt hat's ihn halt gekostet.

Er duschte, säuberte die Abschürfung, klebte sich ein großflächiges Pflaster aufs Knie, setzte sich an seinen Schreibtisch und schaltete nachdenklich den Computer ein.

An manchen Abenden fühlte er sich nicht wohl, so alleine in dem großen, schönen neuen Haus. Heute allerdings war er froh, dass er seiner Lebensgefährtin vor einigen Monaten nach einem heftigen Streit den Ausgang gezeigt hatte. Sicherlich hätte sie jetzt nur unbequeme Fragen gestellt.

Der Hund, schade um ihn. Aber der Hans-Jörg, der Jäger, der hat eben Pech gehabt.

Mitleid? Für den BLUTSPECHT völlig unbekannt!

Er atmete tief durch, schenkte sich ein alkoholfreies Weizenbier ein und begann, den nächsten Brief zu formulieren. Wer nicht hören kann, muss fühlen!

4

Den ganzen Tag hatten sich die Spezialisten der Kriminalpolizei mit dem Bekennerschreiben zur Explosion des Geländewagens auf dem Ruhestein beschäftigt. Übergroß wurde es per Beamer auf die Leinwand im Besprechungsraum der Freudenstädter Polizeidirektion projiziert.

Niemand konnte ahnen, dass BLUTSPECHT am Abend bereits wieder zuschlagen würde.

Nur Verräter arbeiten im Nationalpark!
Wer das tut, muss büßen.
Jeder kommt dran.
Niemand soll sich sicher fühlen.
Dieser Knall war schon heftiger.
Beim nächsten Mal fliegt das ganze NAZ in die Luft.
Stoppt diesen Schwachsinn, bevor noch mehr Blut fließt!
Kein Nationalpark in unserem Nordschwarzwald!

Darunter wieder in dicken Lettern:
ORGANISATION BLUTSPECHT

Wie beim ersten Mal auch war auch dieses Schreiben bei der *Stuttgarter Zeitung*, beim *Südwestrundfunk* und beim *Schwarzwälder Boten* eingegangen. Gewöhnliche

Postsendung, einfacher weißer Briefumschlag, darin das zusammengefaltete Blatt.

Links der Text, rechts das bekannte, aufsehenerregende Foto:

Der Specht – rote Federn – schwarzer Schopf!
Der BLUTSPECHT!

Lindt und Wellmann waren immer noch tief betroffen von den Ereignissen bei der Explosion. Schweigsam saßen sie während der Lagebesprechung in der hintersten Reihe. Beiden stand die Besorgnis überdeutlich ins Gesicht geschrieben.

»Die werden nicht aufhören.« Das war das Einzige, was Lindt an diesem Vormittag von sich gab. Die Analyse des Sprengstoffs ließ auf sich warten, also konnte er auch seinen halblegalen Kontakt noch nicht aktivieren.

»Wir brauchen die Mitarbeit der Bevölkerung«, fasste Kripochef Kühn zusammen. »Das ist unsere einzige Chance. Irgendjemand muss doch etwas mitbekommen haben. Jede Organisation hat Schwachpunkte, und dort werden wir sie packen.«

Das war auch die zentrale Botschaft der Pressekonferenz. Die Rottweiler Staatsanwaltschaft hatte den Kampf gegen die BLUTSPECHT-Terroristen mittlerweile zur Chefsache erklärt, und so saß neben den Freudenstädter Polizeibeamten gleich die neue leitende Oberstaatsanwältin Lea Frey mit auf dem Podium.

Sehr zum Missfallen von Oskar Lindt, der unter der gefürchteten »Eisernen Lea« bereits in Karlsruhe lange Jahre zu leiden gehabt hatte. Die Art, wie sie mit Andersdenkenden kommunizierte, ließ sich durch ihre Lieblingsausdrücke »gnadenlos« und »keine Diskussion« charakterisieren, und der Adrenalinspiegel aller Polizisten schnellte in Sekundenbruchteilen in die Höhe, wenn sie am Telefon war, um bei Ermittlungen »Dampf« zu machen.

»Du bist der Ansprechpartner. Ich halte mich von ihr fern, so gut es geht«, warnte Lindt seinen Kollegen Kühn schon im Vorfeld. »Ich sag dir nur eines: Die ist so dürr wie giftig. Wir hatten bereits unser 20-Jähriges mit ihr. Endlich war sie weg. Kannst dir denken, wie wir das gefeiert haben.«

Als die »Eiserne« jedoch vor Beginn der Pressekonferenz die beiden alten Bekannten aus der badischen Metropole bemerkte, konnte sie es sich nicht verkneifen, mit ihrem ausgestreckten hageren Arm auf Lindt und Wellmann zu zeigen und vor versammelter Mannschaft mit blecherner Stimme zu verkünden: »Diese zwei dort hinten kennen mich bereits seit vielen Jahren. Am besten, Sie fragen bei denen nach, welche Spielregeln bei mir gelten!«

Lindt sprang hoch wie von der Tarantel gestochen und schoss im gleichen Kaliber mit maximaler Schärfe zurück: »20 Jahre Straflager – jetzt begnadigt.«

Die Oberstaatsanwältin lief rot an und giftete zurück: »Lindt, seien Sie vorsichtig. Wir sprechen uns noch.«

Im Verlauf der Konferenz hatte die dann aber überhaupt nichts zu lachen. Heftig wurde sie von der großen Journalistenmeute unter Beschuss genommen.

»Sind wir hier in Baiersbronn oder in Bagdad?« Das war die Korrespondentin der *Stuttgarter Zeitung*. »Bombenterror im friedlichen Schwarzwald – wie erklären Sie sich das?«

Und ihr Fernsehkollege vom *SWR*-Studio Karlsruhe legte gleich noch nach: »Kein Renommee für das Sternedorf. Ist es nicht nur eine Frage der Zeit, wann einer der Gourmettempel in die Luft fliegt?«

Lea Freys Gesicht verfärbte sich nach Dunkelrot, und ihre ohnehin scharfen Gesichtszüge wurden noch härter. Trotzdem hatte sie sich in der Gewalt und ließ sich nicht zu unüberlegten Spontanantworten verleiten, sondern konterte: »Ich muss Sie als Medienvertreter dringend dazu aufrufen, sich Ihrer Verantwortung bewusst zu werden. Verbreiten Sie keine unnötige Panik! Bringen Sie diese kriminellen Elemente nicht noch auf weitere Ideen.«

Die Redakteurin des *Schwarzwälder Boten* schoss in die Höhe: »Kriminell oder terroristisch? Das alles erinnert mich doch stark an Nordirland!«

»Jetzt lassen Sie die Kirche aber mal im Dorf!«, bellte die Leitende Oberstaatsanwältin vom Podium. »Bisher haben wir zwei Vorkommnisse. Beide richten sich eindeutig gegen Personen, die in einem möglichen Nationalpark arbeiten könnten.« Sie zeigte auf die Leinwand mit den beiden Bekennerschreiben. »Dabei von

Terrorismus zu sprechen, halte ich für völlig unangemessen. Ich fordere Sie nochmals auf: Gießen Sie kein Öl ins Feuer, heizen Sie die Stimmung nicht noch weiter an, sondern stellen Sie sich auf unsere Seite! Wir brauchen Ihre konstruktive Mitarbeit unbedingt.«

»Wir betreiben objektive Berichterstattung«, antwortete die Redakteurin. »Aber wir halten auch nichts unter der Decke. Unsere Leser haben Anspruch auf umfassende Informationen.«

»Die sollen Sie bekommen, und deshalb wiederhole ich mich gerne: Wir betrachten diese sogenannte ORGANISATION BLUTSPECHT als eine kleine, ja als eine sehr kleine Gruppierung von Leuten, die immer noch nicht kapiert haben, dass die Entscheidungen in diesem Land demokratisch gefällt werden. Wenn sich der Landtag in Stuttgart demnächst für einen Nationalpark entscheidet – wovon ich nach Einschätzung der politischen Mehrheiten ausgehe – wird sich die Lage sicherlich vollends beruhigen.«

»Für eine Staatsanwältin eine reichlich blauäugige Haltung!«, konterte die Mitarbeiterin der *Stuttgarter Zeitung*. »Anscheinend hat die Ermittlungsbehörde hier eine denkbar schlechte Erinnerung. Es ist ja bekanntlich nicht das erste Mal, dass in diesem Tal Konflikte gewaltsam ausgetragen werden. Oder haben Sie mittlerweile geklärt, wer vor Jahren das Hotel in Brand gesetzt hat, in dem Asylbewerber untergebracht werden sollten? Wenn ich mich recht erinnere, wurde sogar versucht, die Feuerwehr beim Löschen zu behindern.«

Die »Eiserne Lea« quittierte diese Frage mit einem finsteren Blick und schaute auffordernd zu Kripochef Franz-Otto Kühn. »Haben Sie den aktuellen Sachstand parat?«

Kühn räusperte sich und zog das Mikrofon zu sich heran. »Ich denke nicht, dass es zwischen diesen Ereignissen irgendwelche Zusammenhänge gibt. Wir lassen Ihnen zum damaligen Brand gerne eine Stellungnahme zukommen, aber jetzt handelt es sich doch eindeutig um eine andere Situation. Das Thema Nationalpark hat damit rein gar nichts zu tun.«

Die Journalistin wurde energischer: »Wie wird hier mit emotional belastenden Themen umgegangen? Das ist doch die Frage! Ich kann durchaus ein ähnliches Strickmuster erkennen.«

»Auch nicht anders als bei Ihnen in Stuttgart mit dem Tiefbahnhof. Versuchen Sie bloß nicht, unsere friedliebenden Schwarzwälder hier in eine unpassende Schublade zu stecken. Die allermeisten verabscheuen Gewalt«, erregte sich Kühn.

Damit forderte er die Zeitungsreporterin aber umso mehr heraus: »Wenn ich an die öffentliche Veranstaltung mit dem Ministerpräsidenten in der Schwarzwaldhalle zurückdenke, kann ich Ihnen da überhaupt nicht zustimmen. Für diese Pöbeleien und Unverschämtheiten kann man sich nur zutiefst schämen.«

Kühn holte Luft, doch die Staatsanwältin zog das Mikro energisch wieder zu sich. »Der Zweck dieser heutigen Pressekonferenz ist, Sie zu informieren, und nicht, mit Ihnen zu diskutieren. Deshalb meine erneute dringende Bitte: Wir benötigen Ihre Mithilfe! Wir benötigen eine Berichterstattung, die an der Verwerflichkeit der Sprengstoffanschläge keinen Zweifel lässt. Wir benötigen eine Berichterstattung, die mögliche Mitwisser dazu bringt, uns Hinweise zu geben. Je schneller, desto besser.«

»Also befürchten Sie, die Lage könnte eskalieren?«, fragte der Fernsehredakteur.

»Wir sind keine Propheten«, gab Lea Frey zurück, »aber bisher ist es nur dem Zufall zu verdanken, dass es keine Todesopfer gegeben hat. Wir müssen mit dem Schlimmsten rechnen, wenn es uns nicht gelingt, die ORGANISATION BLUTSPECHT schnellstens auszuheben.«

»Gibt es denn bereits zukünftige Nationalpark-Mitarbeiter, die es sich anders überlegt haben? Immerhin sollen von der Forstverwaltung und vom Naturschutzzentrum mehr als 30 Personen in die Parkverwaltung übergehen?«

Polizeidirektor Konrad Hauser gab der Staatsanwältin ein Zeichen und erhielt das Mikrofon. »Nach unseren Informationen wurde bis jetzt noch nicht entschieden, welche Personen das im Einzelnen sein werden. Es ist aber zu erwarten, dass niemand dazu gezwungen wird.«

»Man muss kein Prophet sein, um die Situation einzuschätzen«, kam von der Lokalredakteurin des *Schwarzwälder Boten*. »Die Zahl der Freiwilligen dürfte unter den jetzigen Vorzeichen nicht mehr allzu hoch sein. Und ohne Personal kein Park. Die Taktik von BLUTSPECHT ist durchaus nachvollziehbar.«

In diesem Tenor titelten die Zeitungen und berichteten die Radio- und Fernsehsender.

Steht der Nationalpark auf der Kippe?
Ist das grün-rote Prestigeobjekt gefährdet?
Sterben Menschen für den Urwald von morgen?
Potenzielle Mitarbeiter müssen um Leben und Gesundheit fürchten!

Umgehend reagierte die Politik.

Die Presseabteilung des zuständigen Ministeriums wählte eine deutliche Sprache: *Das Land Baden-Württemberg lässt sich nicht erpressen! Die Einrichtung des Nationalparks wird durch das Parlament auf demokratischem Weg entschieden und dann auch umgesetzt. Selbstverständlich darf es für mögliche Mitarbeiter trotzdem keinerlei Gefahr geben. Die Landesregierung kümmert sich intensiv um die verletzten Personen und hofft auf eine baldige Genesung. Gleichwohl besteht größtes Vertrauen in die Arbeit der Ermittlungsbehörden und Zuversicht in eine baldige Aufklärung der erschütternden Anschläge.*

Inoffiziell hieß es darüber hinaus, ein persönliches Statement von Minister oder Regierung vor laufenden Kameras sei bewusst nicht vorgesehen. Man wolle der kriminellen Organisation keine weitere Popularität bescheren.

Zu dieser Zeit war der Landesregierung aber noch nicht bekannt, was die Ermittlungen im Falle eines mit seinem Auto verunglückten Jägers noch ergeben sollten.

Revierförster Friedbert Schwarz hatte natürlich im Lauf der nächtlichen Rettungsaktion bemerkt, dass sein Schweißhundrüde Alf irgendwie aus dem Auto entwichen sein musste. Während der Unfallaufnahme durch die Polizei und der Bergung des Suzuki aus dem Bachbett der Roten Murg wartete er vergeblich darauf, dass sich der Hund wieder einfinden würde. Je länger es dauerte, umso nervöser wurde der Förster. Es war überhaupt nicht die Art seines Jagdgefährten, so lange wegzubleiben. Mehr als eine halbe Stunde hatte er noch nie auf Alf warten müssen, wenn der mal unbemerkt ausbüxte, um einer interessanten Wildspur zu folgen.

Als jedoch der kleine Geländewagen am Kranausleger des Abschleppers vom Bachbett emporgehoben wurde, vergaß Friedbert Schwarz für kurze Zeit die Sorge um seinen Hund. Irritiert betrachtete er den blauen Suzuki.

»Das kann doch gar nicht sein«, murmelte er vor sich hin und starrte auf die stark verbeulte Beifahrerseite. Er ging um den Wagen herum, schüttelte mehrmals ungläubig den Kopf und winkte dann dem älteren der beiden Polizeibeamten. »Schauen Sie doch. Die Front ist bloß leicht lädiert, aber die Beifahrertür total eingedrückt.

Das verstehe ich nicht. Der Stein lag doch mitten auf dem Weg.«

Die beiden gingen einige Schritte und betrachteten ratlos den massigen Sandstein, den der Förster mit der Stoßstange seines Fahrzeugs in den Graben bugsiert hatte.

»Vielleicht wollte er ausweichen und ist dann seitlich draufgeknallt«, meinte der Polizist.

Energisch widersprach Schwarz: »Der Weg ist hier doch gut einsehbar. Ich hab diesen Brocken ja auch schon von Weitem bemerkt.« Er ging fünf Meter zurück. »Hier ist er gelegen, genau an dieser Stelle.« Einem spontanen Gedanken folgend leuchtete der Förster mit seiner Handlampe die Böschung ab. »Sehen Sie doch«, rief er aus. »Der kam von oben. Da – alles platt gewalzt!«

»Tatsächlich, die ganzen Sträucher und Stauden sind umgedrückt«, stimmte ihm der Polizist zu. »Das würde aber heißen, der Mordsstein hat sich genau in dem Moment gelöst, als der Jäger hier vorbeifuhr. Vielleicht von der Erschütterung?«

Friedbert Schwarz schaute ihn zweifelnd an, und ein komisches Gefühl machte sich in seiner Magengegend breit: »Quatsch! Dann wäre der doch erst hinter ihm auf den Weg gerollt. Und außerdem fahren hier häufig schwere Holztransporter vorbei. Bei einem von denen hätte es ja viel eher passieren müssen. Nein, ich glaube nicht an Zufälle. Ich finde, wir sollten da hochsteigen und uns ansehen, von wo der Brocken abgegangen ist.«

»Einverstanden … aber warten Sie. Die Feuerwehr kann uns leuchten.«

Kurze Zeit später drehte sich der Lichtmast am Löschfahrzeug, und die Strahler tauchten die steile Böschung oberhalb des Waldsträßchens in gleißende Helligkeit.

Der Förster und die beiden Polizisten krabbelten auf allen Vieren nach oben und zogen sich, so gut es ging, an Haselnusssträuchern und kleinen Fichten empor. Oben rangen alle drei nach Luft, doch Schwarz hatte bereits gesehen, was er vermutet hatte. »Da, die Kuhle«, japste er. »Passt genau, exakt die Größe. Da hat er gelegen. Oberhalb ist nichts mehr plattgedrückt.«

»Und das da?« Der jüngere Polizeibeamte bückte sich und zog einen dicken, langen Haselnussknüppel aus dem Unterwuchs.

Friedbert Schwarz wollte danach greifen, doch der ältere Polizist ging dazwischen: »Halt! Nicht anfassen. Das ist jetzt eine Sache für die Kripo.« Dann fuhr er sich über die schweißnasse Stirn und stöhnte: »Wird wohl eine lange Nacht!«

Er sollte recht behalten.

Zwei weitere Feuerwehrwagen wurden angefordert, um die Unfallstelle auszuleuchten. Der Abschlepper durfte vorerst nicht abfahren, und bereits eine halbe Stunde nach der Funkmeldung rückte die Freudenstädter Kripo samt Kriminaltechnik an, um den Tatort intensivst zu untersuchen.

Es hatte keiner besonderen Fantasie bedurft, darauf zu kommen, wer hinter einem solchen Anschlag im Bereich des künftigen Nationalparks stecken konnte. Das Wort BLUTSPECHT hing in der Dunkelheit unsichtbar drohend über der Szenerie, gespenstisch wie ein großer nachtschwarzer Vogel.

Erst nach längerem Hin und Her gelang es, die vielen Fahrzeuge auf dem engen Waldweg so abzustellen, dass sie sich nicht gegenseitig behinderten. Oskar Lindt und Paul Wellmann parkten ihren großen Citroën einige Hundert Meter entfernt an einer Ausweichstelle, schlüpften in stabile Wanderschuhe und dicke Jacken, steckten noch ihre starken Taschenlampen ein und erreichten deshalb als Letzte den Ort des Geschehens. Trotzdem bekamen sie die wichtigsten Details gerade noch mit.

Die Spurensicherung wurde von Kripochef Kühn angewiesen, sich aufzuteilen: Fahrzeug, Bachbett, Stein, Weg und Böschungen waren genauestens zu untersuchen.

Ein Mann in grüner Fleecejacke mit dem baden-württembergischen Landeswappen auf dem Ärmel – auch für Lindt und Wellmann unschwer als örtlicher Förster zu erkennen – meldete sich: »Das Waldgebiet oben müsste ebenfalls abgesucht werden. Wenn da tatsächlich einer gelauert hat, ist er garantiert dorthin geflüchtet.«

Franz-Otto Kühn nickte: »Die Diensthunde sind

schon unterwegs. Mal sehen, wie weit unsere Beleuchtung in den Wald hineinreicht.«

So viele Menschen hatte das stille Tal noch nie auf einem Fleck gesehen. Behelmte Feuerwehrleute, Schutzpolizisten in blauen Uniformen, Kriminaltechniker in weißen Overalls und dazwischen – zivil gekleidet – die Korona der übrigen Kripo.

Oskar Lindt gab seinem Kollegen Wellmann einen Wink. »Komm, lass uns das Ganze mal von weiter oben betrachten.«

Sie suchten sich eine Stelle, wo die Wegböschung etwas flacher war, und kletterten hinauf. Am oberen Rand arbeiteten sie sich im Schein ihrer Stablampen so weit vor, dass sie einen guten Überblick bekamen. Zu dem Platz, wo der Sandstein gelegen hatte, hielten sie aber einen gehörigen Abstand, denn dort wurde jetzt gerade ein Diensthundeführer von Förster Friedbert Schwarz eingewiesen. Der Belgische Schäferhund wusste, was seine Aufgabe war, denn ohne langes Zögern folgte er einer Duftspur und zog seinen Herrn zielstrebig an langer Leine hinter sich den Hang hinauf.

Es dauerte keine drei Minuten, bis die Meldung des Hundeführers aus dem Funkgerät ertönte. »Spusi zu uns. Wir haben einen Fund. Möglicherweise Blut. Wir warten hier.«

Mit seinem Handscheinwerfer gab er Blinksignale nach unten. Ein Techniker samt Alukoffer machte sich sofort auf den Weg. Der Lichtmast eines Feuerwehrfahrzeugs wurde zur maximalen Höhe hochgefahren und auf die blinkende Lampe hin ausgerichtet. »Gut, das passt«, kam vom Hundeführer durch den Funk. »Taghell ist es nicht grad, aber ein wenig besser sieht man doch.«

Lindt und Wellmann bemerkten, wie sich der Lichtkegel wieder bewegte, nachdem der Techniker eingewiesen worden war. Immer weiter bergauf und leicht schräg am Hang entlang arbeitete der Hund die Spur aus. Plötzlich gab er tiefen Laut. Ein heiseres, dumpfes Bellen. Kurze Zeit später ein markerschütternder Schrei – eindeutig die Stimme des Försters.

»Los, komm!« Lindt spürte, dass er dort hin musste und stolperte über Stock und Stein nach oben. Paul Wellmann folgte seinem Kollegen dichtauf.

Ein erschütterndes Bild erwartete sie. Tränenüberströmt kniete Friedbert Schwarz auf dem Boden und hielt seinen toten hirschroten Hund im Arm. »Mein Alf«, schluchzte er. »Wer … wer macht so was …?«

Der dunkle Kopf des Rüden hing schlaff über den Arm des Försters hinunter. Unübersehbar die tiefe Kopfverletzung. »Einem Hund den Schädel einschlagen – wer kann so brutal sein?«

Der Gesichtsausdruck des Polizeihundeführers war eindeutig. Er war ebenfalls kurz davor, in Tränen auszubrechen. Er bückte sich und hielt den beiden Karlsruher Kommissaren einen mehr als faustgroßen Stein hin. Die scharfkantige Spitze war voller Blut – eindeutig die Tatwaffe.

»Kein Zweifel«, presste Oskar Lindt schwer atmend

heraus, denn auch ihm ging die Szene sehr nahe, »kein Zweifel. Hier hatte sich der Attentäter verborgen, und Ihr Hund kam ihm auf der Spur nach.«

Friedbert Schwarz wischte sich über das Gesicht. »Entschuldigung. Der Alf … mein Kamerad halt … mehr als nur ein Hund … wir waren immer gemeinsam im Wald … wie ein Freund … die ganzen Jahre …« Er sank in sich zusammen, und wieder rollten dicke Tränen über seine Wangen. »Er war einfach zu gut … Menschen gegenüber, meine ich … da hat er noch nie schlechte Erfahrungen gemacht.«

Lindt konnte kaum antworten, so sehr drückte der dicke Kloß in seinem Hals. »Hat wohl nicht gebellt?«, würgte er hervor und setzte sich neben Friedbert Schwarz ins Moos.

Stumm schüttelte der Förster den Kopf.

»Wir tun, was wir können«, sagte der Kommissar leise. »Wir kriegen ihn, das verspreche ich Ihnen.«

»Bleiben Sie hier bei ihm?«, fragte der Diensthundeführer. »Dann suchen wir mal weiter.«

Oskar Lindt nickte und schaute zu Paul Wellmann: »Gehst du mit? Falls der Kerl noch irgendwo im Unterholz steckt.«

Langsam entfernten sich die beiden Kollegen nach oben, und Lindt rückte noch dichter an den trauernden Förster. Ohne ein weiteres Wort hielten sie die Totenwache.

Es dauerte mehr als eine Viertelstunde, bis der Kriminaltechniker, der tiefer unten im Hang die Spuren gesichert hatte, bei Lindt und Schwarz eintraf. Er hatte über Funk zwischenzeitlich mitbekommen, was geschehen war. Dennoch konnte er beim Anblick des erschlagenen Hundes seine Betroffenheit nicht verbergen. »Unglaublich!«, schüttelte er den Kopf. »Wie muss es in einem Menschen aussehen, der dazu fähig ist?«

Oskar Lindt stand auf und klopfte sich den Hosenboden sauber. »Wir sehen in unserem Beruf ja häufig Tote, aber irgendwie ist das hier nicht zu vergleichen. An Niedertracht nicht zu überbieten.«

Der Techniker nickte: »Aber wir kriegen ihn. Ganz bestimmt. Dort unten hab ich Faserspuren gesichert und Blut. Ich vermute stark, dass es sich um menschliches Blut handelt. Sieht ganz so aus, als sei der Kerl dort gestürzt. Vielleicht hat er sich den Ellenbogen aufgeschlagen oder das Knie. Seine DNA können wir auf jeden Fall bestimmen. Dann ist es nur noch eine Frage der Zeit, bis wir ihn haben.«

Lindt schaute zweifelnd, sagte aber nichts. Erst müssen wir ihn mal finden, dachte er.

Auch Friedbert Schwarz erhob sich. »Können Sie mir kurz helfen? Ich trag den Alf runter.«

Lindt und der Techniker hoben den Hund hoch und legten ihn seinem Herrn um die Schulter. Dann machten sie sich langsam auf den Weg.

»Ich werde ihn an einem schönen Platz begraben, hier im Revier«, sagte Friedbert Schwarz, nachdem er den Schweißhundrüden im Laderaum seines Suzuki auf einem Bett aus Tannenzweigen abgelegt hatte. »Das hat er verdient.«

Lindt streichelte mit seiner Hand über das weiche Fell am Rücken des Hundes. »Auf jeden Fall hat er das verdient.« Dann verengten sich die Augen des Kommissars zu schmalen Schlitzen: »Er war der Erste, der den BLUTSPECHT gejagt hat. Wir machen weiter! Bis wir ihn haben!«

In diesem Moment kam Paul Wellmann zusammen mit dem Polizeihundeführer zurück. »Die Spur hört dort oben am nächsten Fahrweg auf. Vermutlich ist der Täter ab dort gefahren. Auto, Motorrad, irgendwas halt. Leider nur grober Schotter, keine Reifenspuren.«

»Macht nichts, wir können die DNA analysieren. Die KT hat Blut gesichert. Vielleicht finden sich ja noch Fingerabdrücke an diesem dicken Stock. Der gehört auf jeden Fall dazu. Vorne und hinten passend zugeschnitten. Unter Garantie wurde der Stein damit hochgehebelt und ins Rollen gebracht.«

Zur gleichen Zeit kämpften die Ärzte im Freudenstädter Kreiskrankenhaus immer noch um das Leben von Hans-Jörg Günther. Die Computertomografie hatte ein schweres Schädel-Hirn-Trauma ergeben. Eine Fraktur der Schädelbasis war zu erkennen und zusätzlich eine Sickerblutung zwischen Hirn und Schädeldecke, die sich stetig vergrößerte und auf die umgebenden Hirnareale drückte. Als Erstmaßnahme erfolgten eine Entlastungsbohrung und dann die Verlegung des Patienten mit einem nachtflugtauglichen Hubschrauber in die Neurochirurgie des Karlsruher Städtischen Klinikums. Dort wurde er umgehend operiert und danach in einem künstlichen Koma gehalten.

Diesen Sachstand gab Kripochef Kühn am nächsten Morgen bei der Lagebesprechung bekannt.

»Wie ist die Prognose?«, wollte Oskar Lindt wissen. Kühn zuckte die Schultern. »Die Ärzte halten sich bedeckt. Stabil, aber dennoch kritisch, was immer das auch heißen mag. Am Herzen wurde er auch noch operiert. Blutung zwischen Herz und Herzbeutel, vermutlich durch den Aufprall aufs Lenkrad. Einen Airbag hatte der Wagen anscheinend nicht.«

Betroffenes Schweigen füllte den Raum.

»Ob wir diesen Anschlag wirklich der ORGANISATION BLUTSPECHT zurechnen können, wissen wir noch nicht«, ergriff Kühn wieder das Wort. »Günther steht als Freizeitjäger ja in keinerlei Beziehung zum Nationalpark.«

»Demnach ist noch kein Schreiben eingegangen?«, entgegnete Lindt.

Kühn verneinte. »Die beiden anderen kamen auch erst ein oder zwei Tage später mit der Post.«

»Und wenn schon wieder ein Falscher dran glauben musste?«

»Daran hab ich ebenfalls schon gedacht«, nickte Kühn zustimmend. »Die Praktikantin und unsere beiden Kollegen oben am NAZ hatten diese Terroristen sicherlich nicht im Visier. Kollateralschäden, werden die BLUTSPECHTE hämisch grinsend sagen. Bedauerlich, aber nicht zu ändern.«

»Der Förster hat mir nebenbei erzählt, dass er vermutlich zum Nationalpark wechseln wird und dass er sich sehr darauf freut«, überlegte Oskar Lindt. »Ich bin dann nicht näher darauf eingegangen, aber er und der Jäger fahren ja dasselbe Automodell, nur eben in einer anderen Farbe.«

»Wir werden sie jagen und wir werden sie fragen!«, stellte Franz-Otto Kühn fest. »Ganz so, wie du, Oskar, das vor ein paar Tagen schon gesagt hast. Treibjagd auf die BLUTSPECHTE. Wenn es sein muss, quer durch den ganzen Schwarzwald.«

»Richtig«, antwortete Lindt. »Und deswegen müssen wir uns jetzt dringend eine Jagdstrategie überlegen. Wir brauchen Treiber, die diese Vögel aufstöbern, und wir brauchen Schützen, die sie zielsicher vom Himmel holen.«

»Ich hoffe, du meinst das nur im übertragenen Sinne. Die BLUTSPECHTE will ich lebend!

»Falls sie dem Förster Schwarz vor den Flintenlauf kommen, dann möchte ich für nichts garantieren«, legte der Karlsruher Kommissar die Stirn in Falten. »Wenn der seine Trauer überwunden hat …«

»Oskar, der Mann heißt Friedbert«, schaute ihn Kühn an. »Ich hoffe doch sehr, dass er sich auch friedlich verhält.«

»Paul und ich fahren nachher zu ihm hin. Vielleicht hat er irgendwann mal eine Kleinigkeit bemerkt. Er ist ja Tag und Nacht im Wald. Schließlich muss so ein Anschlag doch vorbereitet werden.«

»Der Wald hat Augen und Ohren«, stimmte der Freudenstädter Kripochef zu. »Darauf setze ich meine ganze Hoffnung.«

Nach telefonischer Anmeldung trafen die beiden Ermittler am frühen Nachmittag bei Förster Schwarz ein. Der kleine grüne Geländewagen parkte unter dem Carport neben dem dunkelbraun lasierten Holzhaus.

Der Kummer stand dem Forstbeamten immer noch überdeutlich im Gesicht. »Wir können es nicht fassen«, sagte Schwarz. »Meine Frau und die Kinder sind am Boden zerstört. Der Alf war wirklich der Mittelpunkt unserer Familie, auch zu fremden Leuten immer freundlich und umgänglich.«

Die Kommissare setzten sich mit dem Förster im Garten an einen massiven Holztisch im Schatten eines ausladenden Holunderstrauchs.

»Wie Sie bereits im Wald sagten, es kann sein, dass ihm seine Gutmütigkeit zum Verhängnis geworden ist«, nahm Lindt den Gedanken wieder auf.

Friedbert Schwarz nickte: »Ich hab immer Wert darauf gelegt, dass der Hund an verletztem Wild Entschlossenheit und Schärfe zeigt. Das muss sein, um das Tier festzuhalten, damit ich es schnellstmöglich erlösen kann. Gegenüber Menschen habe ich ihm so ein Verhalten aber nie durchgehen lassen. Ein aggressiver oder bissiger Hund wäre echt das Letzte, was ich brauchen könnte, schon allein der vielen Kinder wegen, die hier in der Nachbarschaft wohnen und bei uns ein und aus gehen.«

»Ist es denn im Wald nie passiert, dass Sie mit merkwürdigen Leuten zusammengetroffen sind? Manchmal können Hunde ja durchaus erkennen, dass für ihren Herrn eine Gefahr droht«, überlegte Paul Wellmann.

Schwarz dachte kurz nach, dann schüttelte er den Kopf: »Na ja, eine Horde Betrunkener am Grillplatz, das kommt schon mal vor. Aber glauben Sie bloß nicht, dass ich dann einen auf starken Mann mache. Eigensicherung geht vor. In solchen Fällen wende ich mich lieber an Ihre uniformierten Kollegen. Die sind wenigstens immer zu zweit.«

»Sehr vernünftig«, nickte Oskar Lindt. »Bei uns im Karlsruher Großstadtwald gibt es derartige Situationen häufig. Aber selbst eine Streifenwagenbesatzung wartet lieber auf Verstärkung, als blutige Nasen zu riskieren.«

»Trotzdem«, bohrte Paul Wellmann nochmals nach, »trotzdem frage ich mich, ob der Hund zu einem Kerl, dessen Spur er folgt und auf den er dann im Unterholz trifft, nicht instinktiv einen respektvollen Abstand hält? Unklare Lage – Nackenhaare aufstellen – knurren – bellen? Hätte er das nicht automatisch gemacht?«

Der Förster überlegte: »Kennen Sie die Rasse Golden Retriever? Diese gemütlichen Familienhunde? Denen sagt man doch nach, dass sie selbst einem Einbrecher noch die Hände ablecken würden. Das hätte ich unserem Alf durchaus auch zugetraut. Er hat eben nie schlechte Erfahrungen gemacht und war einfach eine Seele von Hund!«

»Und wie sieht das bei Ihnen persönlich aus?«, lenkte Lindt das Gespräch in eine andere Richtung. »Kennen Sie vielleicht Mitmenschen, die nicht ganz so gut auf Sie zu sprechen sind?«

»Sie wollen wissen, ob ich Feinde habe?« Friedbert Schwarz schaute den Kommissar irritiert an. »Wieso denn ich? Der Hund ist doch …« Dann stockte er. »Oder meinen Sie etwa, der Anschlag hätte mir …?

»Wir können im Moment überhaupt nichts ausschließen und müssen jedem Gedanken nachgehen. Als Sie im Wald so beiläufig erzählten, dass Sie zukünftig im Nationalpark beschäftigt sein werden, haben bei mir gleich die Alarmglocken geschrillt. Deswegen sind wir jetzt hier.«

Der Förster machte ungläubig große Augen: »Denken Sie wirklich, diese Verrückten, diese BLUTSPECHTE, die für die Explosionen am Ruhestein verantwortlich sind, wollten mir ans Leder? Mir persönlich? Ich kann doch gar nichts dafür, dass ich zum Nationalpark versetzt werde. Das Personal folgt der Aufgabe, und wenn mein bisheriges Forstrevier zum größten Teil im Schutzgebiet aufgeht, bin ich eben zukünftig dort dabei.«

Lindt überlegte: »Ist das schon öffentlich bekannt?«

»Nein, es gibt noch nichts Offizielles. Aber wer eins und eins zusammenzählt, der kann natürlich leicht draufkommen, welche Personen mit im Boot sind. Die Kollegen, die dem Nationalpark kritisch gegenüberstehen, haben meist schon lautstark verkündet, dass sie dort nicht mitmachen werden. Ich selbst habe mich eher zurückgehalten und mir vorgenommen, das Beste aus der neuen Situation zu machen.«

»Kann ich gut verstehen. Ein echter Förster lässt sein Revier eben nicht im Stich«, sagte Paul Wellmann. »Im Albtal, nicht weit von Karlsruhe, da hab ich mein Bienenhaus am Waldrand. Ab und zu treffe ich dort Ihren Kollegen. Der sagt immer, er sei da, um den Wald zu hüten. Für mich ist klar, dass auch Sie Ihren Wald weiterhin hüten möchten.«

Friedbert Schwarz'Augen bekamen einen feuchten Glanz: »Das haben Sie wirklich schön gesagt …«, er machte eine kleine Pause, »… und ganz genau getroffen.« Doch dann schüttelte er energisch den Kopf und wurde überraschend laut: »Aber deswegen kann doch niemand auf die Idee kommen, mich umzubringen! Wer so was tut, der ist doch nicht ganz richtig im Kopf!« Knallend schlug der Förster mit der flachen Hand auf die Tischplatte. »So jemand hat nicht alle Tassen im Schrank. Der gehört eingesperrt, aber ganz schnell.«

»Wenn wir ihn nur schon hätten«, seufzte Lindt. »Es ist ja eine ganze Gruppe, die ORGANISATION BLUTSPECHT. Zeitungen, Radio und Fernsehen berichten laufend darüber. Haben Sie denn diese Drohungen nie auf sich bezogen?«

Schwarz stützte seinen Kopf in die Hände: »Wahrscheinlich halten Sie mich jetzt für ziemlich blauäugig. Aber bisher habe ich mir solche Gedanken noch überhaupt nicht gemacht. Obwohl …« Er holte tief Luft. »Jetzt lachen Sie bitte nicht. Gestern kam meine jüngste Tochter mit der Zeitung daher. Papa, ich hab Angst. Du sollst doch auch im Park arbeiten.«

»Ich nehme an, Sie haben das Kind dann beruhigt«, zog Lindt die Stirn in Falten.

»Natürlich, was dachten Sie denn?«

Der Kommissar stand auf und legte dem Förster die Hand auf die Schulter. »Sie haben Ihren Vornamen nicht umsonst. Kein Wunder, dass auch der gute Alf so reagiert hat.«

5

Nachdem das dritte Bekennerschreiben bei den Medien eingegangen war und für entsprechende Berichterstattung gesorgt hatte, gab es im ganzen Land garantiert niemanden mehr, der die ORGANISATION BLUTSPECHT noch für harmlos gehalten hätte.

Nur Verräter arbeiten im Nationalpark!
Wer das tut, muss büßen.
Jeder kommt dran.
Niemand soll sich sicher fühlen.
Wer nicht hören will, muss fühlen.
Ströme von Blut werden fließen.
Die Murg wird sich rot färben.
Stoppt endlich diesen Schwachsinn!
Kein Nationalpark in unserem Nordschwarzwald!

Darunter wieder in dicken Lettern:
ORGANISATION BLUTSPECHT

Die Meute der Medienvertreter ließ die Telefone der Freudenstädter Polizeidirektion Sturm läuten. Die Reporter des SWR verlangten, sofort an den Ort des Geschehens geführt zu werden. Privatsender und Zeitungen schlossen sich an.

Der große Sandstein wurde von allen Seiten gefilmt, genauso die Spuren, die noch an den Böschungen zu sehen waren.

»Dieser Fels hat alles plattgewalzt!«, keuchte einer der Journalisten ins Mikrofon. Dann nahm er einen Meterstab und hielt ihn an den Stein. »Mehr als ein Kubikmeter – von da oben kam er runter – wie eine tonnenschwere Riesenfaust hat er den kleinen Jeep des Jägers gerammt und in den Wildbach hinuntergestoßen!«

Dann wurden Kameras im Bachbett aufgestellt und der Reporter in eine Wathose gesteckt. Er suchte sich einen Gumpen, eine extra tiefe Stelle im sonst eher knietiefen Bach, und schilderte voller Dramatik, bis zur Hüfte im Wasser stehend, dass der Verunglückte nur durch ein Wunder geborgen worden war. »Um ein Haar wäre der Bewusstlose in diesen reißenden Fluten ertrunken. Seine Rettung hat er einzig dem schnellen Eingreifen des zufällig vorbeikommenden Revierförsters zu verdanken, der unter Einsatz seines eigenen Lebens die Tür des völlig demolierten Wagens aufgehebelt und den schwer verletzten Jäger ans Ufer geschleppt hat.«

Am liebsten hätten die Fernsehteams auch noch Friedbert Schwarz im Bach aufgenommen, doch der war überhaupt nicht zu bewegen, sich vor die Kameras zu stellen. Seinen Heldenmut so herauszustellen, ging ihm absolut gegen den Strich.

Erneutes Opfer der ORGANISATION BLUTSPECHT: Heimtückischer Hinterhalt wird unbeteiligtem Jäger zum Verhängnis!, war eine der Zeitungsschlagzeilen des darauffolgenden Tages, dabei ein schockierendes Bild. Mittels Fotomontage war es gelungen, den völlig verbeulten blauen Suzuki kopfüber in eine Aufnahme der schäumenden Rotmurg einzubauen.

Kripochef Kühn hatte auf Geheiß der »Eisernen Lea« den Journalisten Zugang zum Unfallwagen ermöglichen müssen. Jetzt war er völlig außer sich: »Dass diese idiotische Staatsanwältin dem Druck der Presse nachgegeben hat, ärgert mich maßlos. Noch nie haben wir gestattet, dass irgendwelche Zeitungsfritzen ein Unfallfahrzeug auf unserem Gelände fotografieren durften. Alles nur Sensationslust! Und jetzt stehen die Leute Kopf.«

Tatsächlich befand sich die Bevölkerung des Murgtals in heller Aufregung. Alle Medien brachten Interviews. Beliebig hatten sie zwischen Obertal und Schönmünzach Passanten angesprochen und nach ihrer Einschätzung der Lage gefragt. »Tragisch – abscheulich – unfassbar«, waren die meistgebrauchten Worte, die als O-Töne aus den Radiolautsprechern kamen, aus schockierten Gesichtern in den TV-Nachrichten ertönten oder neben den Porträts der Befragten übergroß in den Zeitungen gedruckt wurden.

Die unvermeidliche Frage: »Hätten Sie unter diesen Umständen Interesse an einem Job bei der Nationalparkverwaltung?«, beantworteten natürlich die allermeisten Interviewpartner mit einer ganz klaren Absage:

»Hatte ich ohnehin nicht vor.«

»Kann ich meiner Familie auf gar keinen Fall zumuten.«

»Niemals, ich bin doch nicht lebensmüde.«
»Halten Sie mich für völlig bescheuert?«

Einzelne Journalisten blieben aber nicht bei oberflächlicher Sensationshascherei, sondern machten sich daran, die Situation tiefergehend zu analysieren.

Die Redakteurin der *Stuttgarter Zeitung* wagte sich am weitesten vor. Aufgrund ihrer jahrzehntelangen Schwarzwald-Erfahrungen traute sie sich an eine Interpretation, die sehr große Empörung hervorrief.

In einem separaten persönlichen Kommentar schrieb sie: *Die Reaktion der Einheimischen scheint mir deutlich heftiger zu sein als nach den beiden Sprengstoffanschlägen auf dem Ruhestein. Woran kann das liegen? Vielleicht daran, dass vorher »nur« das Naturschutzzentrum attackiert wurde, die Keimzelle des Nationalparks, das Sinnbild eines Schutzgebietes, das ohnehin von 78% der Einwohner abgelehnt wird?*

Vielleicht daran, dass es jetzt »einen von uns« erwischt hat, einen völlig Unbeteiligten, der mit dem Park gar nichts zu tun haben wird? Es bleibt nur zu hoffen, dass manch einer, der sich bisher zurückgehalten hat, nun doch endlich einen Hinweis an die Ermittlungsbehörden gibt. Sympathien in der Bevölkerung kann die ORGANISATION BLUTSPECHT sicherlich nicht mehr erwarten.

Wütend, mit hochrotem Kopf und einem zornigen Fluch zerriss der gutaussehende, sportliche Mittvierziger die

Seite 3 der *Stuttgarter Zeitung*. In den anderen Medien, die er begierig verschlang, war die Berichterstattung nach seinem Geschmack gewesen. Ein schreckliches Verbrechen zwar, aber der Schwerpunkt lag immer auf der Sensation. Das war ganz in seinem Sinne. Kostenlose Werbung! Glänzende PR! Die ORGANISATION BLUTSPECHT in aller Munde. Bad news are good news! Irgendwann würden sie ihm noch dankbar sein.

Ihm, der die Region Nordschwarzwald vor diesem Megaschwachsinn bewahrt hatte.

Ihm, der den gepflegten Wirtschaftswald gerettet hatte.

Ihm, der es geschafft hatte, dass die Borkenkäferplage weiterhin bekämpft werden konnte.

Ihm, der diese sinnlose Vergeudung besten Nutzholzes gestoppt hatte.

Ihm, der diesen ideologischen Schwachsinn von Wildnis nicht zugelassen hatte.

Das Bundesverdienstkreuz könnte man ihm zwar nicht verleihen, aber von den unbekannten Wohltätern der ORGANISATION BLUTSPECHT würden alle voller Hochachtung sprechen.

Und jetzt das! Ausgerechnet die *Stuttgarter Zeitung*! Das Blatt mit dem Anspruch auf qualitativ hochstehenden Journalismus. Schon seit Studienzeiten war er Abonnent. So eine blöde Kuh, diese Redakteurin. Was fiel der eigentlich ein? Total verblendet musste die sein. Bestimmt eine Naturschützerin oder eine von diesen grünen Verhinderern!

Niemand sonst hatte einen Kommentar gedruckt, der geeignet war, die Bevölkerung gegen ihn aufzubringen.

Niemand sonst war auf den Gedanken gekommen, ihn derartig in Misskredit zu bringen.

Niemand sonst hatte es gewagt, seine innerste Überzeugung so durch den Dreck zu ziehen.

Eine Viertelstunde lang lief der BLUTSPECHT auf und ab. Zornig stampfte er auf die dicken Tannendielen ein, mit denen er sein geräumiges Büro hoch im Dachgeschoss ausgestattet hatte. »Dafür ist der Wald da!«, schrie er nach oben zu den dicken Balken seines Dachstuhls. »Er soll uns Menschen dienen! Wir sollen ihn nutzen! Wir sollen tolle, dauerhafte Häuser aus seinem Holz bauen. Wir sollen wunderbare, einzigartige Möbel daraus fertigen!« Er tobte weiter durch den luftigen Raum, der über die gesamte Hauslänge ging, riss sich den Elchleder-Slipper vom rechten Fuß und schleuderte ihn gegen die Glasscheibe seines Designer-Kachelofens, dessen Terracotta-Keramik er selbst geformt hatte. »Wir sollen das Holz für ein wärmendes Feuer nutzen und es nicht sinnlos verrecken und vermodern lassen! Pah, Urwald! Wenn ich das schon höre! Jahrhunderte wird es dauern! Und wozu? Wegen ein paar blöder Käfer, die sowieso keiner braucht? Unsere Feriengäste suchen einen schönen, aufgeräumten Wald und keine Wildnis, wo niemand mehr rein kann und wo alles kreuz und quer liegt. Totes Holz, abgestorbene Bäume – nicht mit mir! Auch wenn sich niemand mehr getraut, etwas gegen diesen Park zu unternehmen – ich werde ihn nicht dulden! Auch wenn sich alle damit abfinden und ihr Fähnchen in den grün-roten Wind hängen – ich werde weiter kämpfen und ich werde siegen!«

Erschöpft ließ sich der Mann in seinen modernen Ledersessel fallen, kippte in die Ruhestellung und schloss die Augen. »Ich mache weiter, und sie werden mich nicht finden! Sie suchen eine Gruppe, aber ich bin ich. Der Eine, der Einzigartige! Der Starke ist am mächtigsten allein!«

Dann sah er die Augen! Entsetzt schoss er empor. Für einen Augenblick war er wohl weggedämmert gewesen, und schon waren sie da. Wieder da. Diese Augen. Braun blickten sie ihn an. Vertraut, arglos und gutmütig. Oft hatte er sie angesehen. Meistens am Zaun. Zuletzt im Wald, eher er den scharfkantigen Stein erhob. Sie verfolgten ihn. Auch in den letzten beiden Nächten. Sie ließen ihm keine Ruhe. Ja, er hätte es nicht tun dürfen. Eine Kurzschlusshandlung halt. Unüberlegt. Ungeplant. Unkontrolliert. So etwas durfte niemals wieder vorkommen. Wenn er sich nicht im Griff hatte, konnte das gefährlich werden. Er brauchte die Distanz zu seinen Opfern. Blickkontakt, nein, das ging gar nicht. Das konnte er nicht aushalten. Je weiter weg, desto besser. Zukünftig musste er einfach noch besser aufpassen. Dann fiel sein Blick auf den großen grünen Stahlschrank dort vor der Giebelwand. So schwer, dass er beim Einbau mit einem Kran durch das breite Dachfenster gehoben werden musste.

Er lief hinüber. Streichelte über das Metall. Umschlang

den Tresor. Presste seine Brust dagegen. Fühlte die Kühle durch sein dünnes Poloshirt. Kalt! Beruhigend kalt! Geeignet, ihn abzukühlen und seine Gedanken wieder zu ordnen. Einige Minuten stand er so und bemerkte, wie seine Atmung langsamer wurde. Dann tippte er die Kombination in das Zahlenschloss. Ein kleines grünes Licht flammte auf. Er drehte den schweren Griff und öffnete die dicke Tür.

Distanz! Da drin standen sie. In Reih und Glied. 22 Stück. Edles dunkelbraunes Nussbaumholz oder wetterfester grüner Kunststoff, jeweils gepaart mit schwarzem Metall und glänzender Optik. Schmuckstücke klassischer Jagdgewehre neben dem modernsten, was die Waffentechnik aktuell zu bieten hatte. Alles das würde die Entfernung zu seinen zukünftigen Opfern überbrücken. Ein sehr beruhigendes Gefühl.

Sein Plan war perfekt. Jetzt kam die Realisierung.

Er setzte sich wieder an den Schreibtisch, startete den Computer und öffnete im Internet die Seite der Online-Waffenbörse, über die er schon häufig Geschäfte getätigt hatte.

Ein Wechsellauf für seine Blaser-Repetierbüchse Modell R93 sollte es sein. Auf jeden Fall von privat.

Ein paar Minuten brauchte er, um einen Überblick zu bekommen. Groß war die Auswahl im Moment nicht, überwiegend von Waffenhändlern und Büchsenmachern aus dem süddeutschen Raum, doch dann – Bingo! Ein Angebot aus der Schweiz!

Er griff zum Mobiltelefon, schaltete »Eigene Rufnummer unterdrücken« ein und wählte. Er nutzte den erstbesten Fantasienamen, der ihm in den Sinn kam: »Burger, Heinrich Burger, Tuttlingen. Sie haben einen Wechsellauf für die R93 zu verkaufen.«

Prompt hatte er Glück. Der Mann in St. Gallen sagte zu. »Ja, der .223er. Ist noch da. Schießt wie Gift, hochpräzise. Wenn Sie in den nächsten drei Tagen kommen, gehört der Lauf Ihnen. Das große Zielfernrohr ist dabei, und Munition hab ich auch noch genügend. Teil- und Vollmantel.«

»Morgen früh um elf Uhr? Prima. Reicht Ihnen mein deutscher Jagdschein als Erwerbsberechtigung? Ja, dann faxe ich ihn heute noch, und das Geld bringe ich morgen direkt mit.«

Ein Lachen ertönte aus der Leitung. »Jaja, die Deutschen und ihre Formalitäten. Für mich zählen nur die Fränkli auf dem Tisch. Euronen nehm' ich natürlich auch.«

Er warf das Handy hoch in die Luft und fing es gekonnt wieder auf. Super, jubelte er innerlich. Ein gutes Zeichen! Es soll so sein.

Es kostete ihn nur wenig Mühe, seinen Jagdschein einzuscannen und über das professionelle Fotoprogramm so zu bearbeiten, dass aus Reinhard Richter, Baiersbronn jetzt Heinrich Burger, Tuttlingen wurde. Auch die drei Dienstsiegel stellten kein Problem dar. Nach einigen Minuten hatte er die passende Schriftart ausgewählt, und statt Freudenstadt stand jetzt Tuttlingen im unteren Rund des Stempels. Genauso schnell ging es mit den übrigen Angaben im Dokument.

Jetzt blieb noch das Foto. Da sein Jagdschein schon einige Jahre alt war, zeigte das Passbild ihn noch mit Vollbart. Den hatte er zwar bereits vor Langem abrasiert, aber das alte Bild kam ihm jetzt gerade recht. In Tarnen, Täuschen und Verkleiden war er mittlerweile so geübt, dass er sich zutraute, einen falschen Bart richtig professionell anzukleben.

Also klickte er auf »Drucken« und hielt sofort eine Schwarz-Weiß-Version des gefälschten Jagdscheins in der Hand. Zufrieden steckte er das Blatt ins Faxgerät, wählte auch hier wieder »Nummer unterdrücken« und schickte das Falsifikat auf die Reise.

Reinhard Richter war beruhigt. Jetzt konnte nichts mehr schiefgehen. In den letzten Jahren hatte er mehr als zehn Gewehre und Kurzwaffen über die Online-Börse ge- und verkauft. Zwar nur innerhalb Deutschlands, aber natürlich völlig legal und immer mit Ein- und Austrag in seinen offiziellen Waffenbesitzkarten. Ausnahmslos waren Privatpersonen die Geschäftspartner gewesen. Stets hatten seine gute Bewertung auf der Internet-Plattform und die schnelle Vorkasse überzeugt. Ein gefaxter Jagdschein als Legitimation genügte immer. Fachhändler hätten sicherlich auf dem Originaldokument oder einer beglaubigten Kopie bestanden, aber von Privat traf jeweils in kürzester Zeit ein gut gepolstertes Paket ein.

Der Versandweg schied in diesem Fall natürlich aus. Keine Spuren zu hinterlassen, war Richters oberste

Maxime. Folglich blieb nur der persönliche Import, aber auch diese Aktion hatte er gedanklich schon längst bis ins Detail ausgeklügelt. Klar, ein Restrisiko würde bleiben, aber das Glück war ja beständig mit ihm.

Noch in derselben Nacht fuhr er mit dem VW-Bus los. Freudenstadt – Rottweil, dort auf die A 81 Richtung Süden. Ein kleiner Abstecher in den Kreis Tuttlingen, ein paar Stunden Schlaf auf dem Parkplatz eines Aldimarktes, eine kleine Rundfahrt durch ein Wohngebiet und eine schnelle Aktion von drei Minuten, bei der ein abseits geparkter Renault seine beiden Fahrzeugkennzeichen verlor. Das war's – ab in die Schweiz.

Konstanz – Kreuzlingen, halb neun Uhr, problemlose Einreise. Der Campingbus mit schwarzem Bike auf dem Heckträger und offensichtlich sportlich durchtrainiertem Fahrer passte anscheinend nicht ins Suchraster der Grenzer. Schwarzgeldtransfer sah in der Regel vermutlich anders aus.

Richter blickte auf seine Uhr. Zeit genug – alles lief nach Plan. Bummelfahrt am Bodensee entlang bis zu einem Panoramaparkplatz. Seeblick, wunderbar! Dazu noch der einzige Wagen. Aufstelldach hochgeklappt, die Tuttlinger Kennzeichen aus der Matratze gezogen, und ruck-zuck verwandelte sich der FDS-Camper in ein TUT-Mobil.

Danach kam seine Verwandlung. Mit größter Sorgfalt und mithilfe eines breiten Spiegels befestigte Reinhard Richter den falschen Vollbart. Er brauchte zehn

Minuten und betrachtete sich danach von allen Seiten – perfekt?

Er stellte einen Klappstuhl vor den Bus, ließ sich von der herbstlichen Morgensonne bescheinen und gönnte sich zum Frühstück einen doppelten Protein-Shake. Richter fühlte sich stark, und alles lief bestens. Er war mit sich im Reinen!

Kurz nach zehn brach er wieder auf, wartete kurz vor St. Gallen noch einige Minuten – zu früh wollte er auf gar keinen Fall eintreffen – und erreichte dank seines hochpreisigen Navigationsgeräts fünf Minuten vor elf das Ziel.

Er parkte den Campingbus in der Einfahrt und checkte mit geübtem Blick das imposante Haus. Ein moderner zweistöckiger Flachdach-Kubus in Stahl und Glas, daneben ein breiter Garagenanbau mit vier Toren, darauf eine weitläufige Dachterrasse. Mit einem Wort: beeindruckend. Die Botschaft des Hauses war eindeutig – Geld spielte hier keine große Rolle.

»Ah, Herr Burger.« Ein braun gebrannter Mann öffnete ihm die schwere stahlgraue Haustür. Mit festem Händedruck begrüßte er seinen Gast. Reinhard Richter war nicht überrascht. Der Besitzer passte zu dem Haus. Groß, schlank und drahtig, offenes Hemd über engen Jeans, barfuss in schwarzen Croqs, dazu ein polierter haarloser Schädel. Ein breites, gewinnendes Lächeln mit blendend weißen Zähnen. Sicherlich schon 60 Jahre, aber immer noch voll auf der Sonnenseite des Lebens. *Bülach-Consulting* las Richter auf der glänzenden Edelstahltafel neben der Eingangstür.

»Schön, dass Sie pünktlich sind. Ich bin Bernhard Bülach. Kommen Sie, wir gehen ins Büro.« Ziemlich viel Hochdeutsch im Schwyzerdütsch.

Richter folgte und musste erst mal seine Gedanken ordnen. Sie pendelten zwischen: ›Ferrari *und* Porsche in den Garagen?, und: Ein fitter Kerl. Genauso werde ich in dem Alter auch aussehen. Ein komplett gelungener Lebensentwurf – womit der wohl sein Geld verdient?

»Espresso, grüner Tee oder Wasser? Bitte nehmen Sie doch Platz.«

Der Gast entschied sich für den starken Schwarzen und machte es sich auf dem genarbten Leder der Sitzgarnitur bequem. Von innen war das Gebäude genauso eindrucksvoll wie von außen. Dicke Glasscheiben ließen einen Blick in den Innenhof mit Pool und Kletterwand zu, und was als Büro diente, war eher eine Halle, weitläufig, luftig. Dabei völlig minimalistisch eingerichtet. Grauer Stahl und schwarzes Leder dominierten. Ein Schreibtisch, dessen riesige polierte Platte auf zwei runden Stahlsäulen ruhte, und vor der Sitzgruppe ein sorgfältig behauener Granitquader, abgedeckt mit dickem Glas. Auf einer dunklen Filzbahn der bereitgelegte Gewehrlauf.

»Bitte schön«, ermunterte Bülach seinen Besucher. »Der dicke Matchlauf, zusätzlich mit extra ausgesuchter Schussleistung, der Beste unter 100. Sie kennen sich ja aus. Ich war fast nur auf der 300-Meter–Bahn damit. Optimal gestreckte Flugbahn. Keine sieben Zentimeter Streukreis. 270 Schuss hab ich rausgejagt in den letzten Jahren.« Er zeigte auf sieben Schachteln, die am Rand des Tisches aufgestapelt waren. »130 Patronen sind noch übrig.«

Richter lächelte: »Genau, was ich brauche. Hab eine Einladung nach Österreich in die Hohen Tauern. Murmel und Spielhahn.«

»Optimal dafür. Für den Birkhahn die Vollmantel, dann ist nichts kaputt, wenn Sie ihn präparieren lassen. Für die Murmeli nehmen Sie die anderen Geschosse. Die bleiben grad am Platz liegen und schaffen es nicht mehr zurück in Bau.«

Dann öffnete Bülach eine längliche Box und entnahm ihr ein langes Zielfernrohr. Makellos, keinerlei Gebrauchsspuren. »Das große Swarowski. Leuchtpunkt und 15-fache Vergrößerung. Ideal auf die weiten Distanzen im Gebirge.«

Richter zuckte unmerklich zusammen. Genau … die Distanz. Das, was er brauchte, um nicht wieder direkt in … Augen schauen zu müssen.

Der Blick des Schweizers glitt an ihm hinunter. »Kondition für die Bergjagd haben Sie jedenfalls. Sieht man auf den ersten Blick.«

»Danke«, lächelte sein Gast. »Ich halte mich mit dem Mountainbike fit. Nachher werde ich noch eine Route am Säntis machen. Muss man ja ausnutzen.«

»Sie werden keine Probleme haben. Ich bin ab und zu im Ötztal, aber auch in Alaska. Es macht echt Spaß, an die körperlichen Grenzen zu gehen.«

Nach einer Viertelstunde jagdlichem Smalltalk wechselten einige Tausend Euro den Besitzer. Reinhard Richter bedankte sich und verstaute Wechsellauf, Zielfernrohr und Patronen gut gepolstert im Campingbus.

Bernhard Bülach drückte ihm zum Abschied die Hand. »Viel Erfolg in den Tauern. Sie werden sehen – das gewohnte Gewehr und ein passender Lauf dazu – damit treffen Sie automatisch.« Dann schaute er ihm noch kurz aber intensiv in die Augen: »Wenn Sie meine Meinung hören möchten – glattrasiert würde Ihnen als Sportler besser stehen.«

»Ich überleg's mir«, gab Reinhard Richter spontan lachend zurück. Dann startete er den Bus. Nichts wie weg!

Er brauchte einige Minuten, um nach dem letzten Satz des Schweizers wieder klar denken zu können. Was war das jetzt noch gewesen? *Glattrasiert würde Ihnen besser stehen.* War das wegen seinem eigenen Glatzkopf oder hatte der etwa seine Tarnung durchschaut? Unfassbar! Saß der Vollbart etwa nicht perfekt?

Nach ungefähr zehn Kilometern bog er in einen Feldweg ab und hielt im Schutz von Schwarzdornhecken an. Erst mal Kennzeichenwechsel. Zwei Minuten, routiniert eben. Dann kam die Blechschere zum Einsatz. Jetzt waren die gestohlenen Tuttlinger Tafeln nur noch kleine Stückchen Aluschrott. Rein damit in die Plastiktüte. Bei nächster Gelegenheit würde er sie in einem öffentlichen Mülleimer entsorgen.

Als Nächstes kramte er den großen Spiegel aus dem Gepäck und betrachtete sich darin von allen Seiten.

Nein, wirklich nicht! Er konnte nichts Auffälliges feststellen. Der Bart sah täuschend echt aus. Schließlich war er ja auch teuer genug gewesen. Profiarbeit, kein Faschingsartikel. Sorgfältig nahm er die falsche Haarpracht ab und packte sie wieder in die flache Schachtel mit dem Seidenpapier. Bald würde er sie noch häufiger brauchen …

Und außerdem war es ihm jetzt völlig egal, was dieser Bülach gemeint hatte – finden konnte der ihn auf gar keinen Fall!

Er hatte den Präzisionslauf und er hatte ein Ziel: Nieder mit dem Nationalpark, koste es, was es wolle!

Und Reinhard Richter hatte noch etwas: Glück! Unverschämt viel Glück.

Nach seiner dreistündigen Bike-Tour am Säntis überquerte er mit dem Campingbus die Grenze nach Österreich bei St. Margarethen, nahm die Landstraße am Bodensee entlang durch Bregenz und erreichte das deutsche Staatsgebiet wieder bei Lindau, ohne irgendwo kontrolliert worden zu sein. Glück, einfach Glück! Es war mit ihm und das machte ihn stark. Weiter so, es ist dein Weg!

Natürlich hatte er trotzdem Vorsorge getroffen. Die Patronen waren dick mit Zeitungspapier umhüllt im leeren Unterteil seiner portablen Toilette versteckt. Die Schachtel mit dem Zielfernrohr lag in der Sporttasche unter den dreckverspritzten und nassgeschwitzten Bike-Klamotten, und der Wechsellauf für die Blaserbüchse steckte in einem eigens dafür ausgehöhlten Schlitz im

Polster der umklappbaren Rückbank. Ein gewisses Restrisiko war natürlich geblieben, aber die Kontrollen auf der Route über Österreich waren bekanntermaßen längst nicht so intensiv wie bei der direkten Schweiz-Deutschland-Einreise.

Ein Problem plagte ihn allerdings. Bisher gab es noch keinerlei Anzeichen, dass er mit seinen Aktionen dem Durchbruch ein Stück nähergekommen wäre. Immer noch beharrten die Behörden in ihren Stellungsnahmen darauf, dass sie sich keinesfalls einschüchtern lassen würden. »Der Nationalpark ist nicht gefährdet. Der Landtag wird den Gesetzentwurf wie geplant weiter beraten«, kam seitens der Grünen-Fraktion aus Stuttgart.

Die Botschaft war nach wie vor: »Niemand setzt das Land Baden-Württemberg unter Druck! Die ›Sonderkommission BLUTSPECHT‹ umfasst mehr als 100 Köpfe und verfolgt bereits eine Vielzahl von Hinweisen.« So formulierte es der Sprecher in der Landesschau des SWR-Fernsehens um 21:45 Uhr. Reinhard Richter war um diese Zeit wieder zu Hause eingetroffen und hatte gleich die Nachrichtensendung eingeschaltet.

»Okay«, sagte er sich, »immerhin ein Fortschritt. Jetzt trägt die Soko meinen Namen. Sie beginnen, mich ernst zu nehmen. Zeit, dass ich auch Ernst mache. Blutigen Ernst!« Er schaltete ab und ging zur Dusche. Gut, dass er die Wege weiterer Opfer schon intensiv ausgekundschaftet hatte.

Um diese Zeit machte der innere Zirkel der »Soko BLUTSPECHT« noch längst nicht Feierabend. Insgesamt zehn Kripobeamte saßen um den ovalen Tisch im Besprechungsraum und hörten zu, was der Profiler des Landeskriminalamtes von sich gab.

»Die Gruppe sitzt auf jeden Fall im Bereich Baiersbronn«, dozierte der kurz gewachsene, korpulente Kriminalbeamte, dem wegen seiner Figur der Spitzname »runder Rudi« anhaftete. Oskar Lindt kannte und schätzte ihn schon seit Langem, denn nicht nur beiderseitige Körperfülle, sondern auch ähnliche Denkstrukturen zeichneten die beiden aus. Zwar witzelten einige der Jungdynamiker im Ermittlungsteam hinter vorgehaltener Hand über die von gutem Essen geformten Körper, aber Rudi Rauch und ebenso Oskar Lindt hatten unschlagbar hohe Erfolgsquoten vorzuweisen. Und auch wenn sie sich zuweilen heftig zofften, die Chemie zwischen den beiden stimmte. Für den Ermittlungserfolg die halbe Miete.

»Orts- und Personenkenntnis optimal«, schrieb der Profiler an die breite weiße Wandtafel. Dann formulierte er eine erstaunliche Hypothese: »Im Kreis der *bekannten* Nationalparkgegner ist diese Gruppe nicht zu finden.«

Ein Raunen ging durch den Saal. »Also bringt es nichts, dort einen Maulwurf einzuschleusen?«, fragte Franz-Otto Kühn.

Rauch schüttelte den Kopf: »Zum einen sind die organisierten Parkgegner schon seit Langem intern gefestigt.

Wenn jetzt einer von uns dort platziert würde, käme er sofort in Verdacht. Zum anderen sind deren Sprachrohre allesamt bekannt honorige Leute. Ausnahmslos setzten sie auf öffentlichen Protest. Lautstark zwar und gelegentlich auch mal verbal entgleisend, aber keiner von denen würde zu solchen Mitteln greifen.«

»Die haben eben was zu verlieren«, stimmte Oskar Lindt zu. »Beim Kern der Gegner brauchen wir nicht zu suchen.«

»Richtig«, nickte Rudi Rauch. »Ich behaupte: Bei den BLUTSPECHTEN handelt es sich natürlich um Nationalparkgegner, aber nicht um solche, die bisher schon die Klappe groß aufgerissen haben.«

»Also eher welche mit der geballten Faust in der Tasche?«, wollte Kühn wissen.

»Genau. Und ganz sicher haben wir es nicht mit einer großen Gruppe zu tun. Je mehr Köpfe, umso größer die Gefahr, dass sich mal einer verplappert. Immerhin ist die Sympathie der Bevölkerung spätestens seit dem letzten Anschlag nicht mehr auf ihrer Seite.«

»Hältst du es für möglich, dass sie deshalb aufgeben?«, fragte Paul Wellmann. »Vielleicht verschwinden sie sang- und klanglos und wir erfahren nie, wer tatsächlich dahinter gesteckt hat.«

Rudi Rauch lockerte seine Krawatte, deren wie immer grelle Farbe überhaupt nicht zum Hemd passte. »Paul, ich verstehe diesen Gedanken. Trotzdem glaube ich nicht, dass die BLUTSPECHTE einfach so kapitulieren. Erst wenn der Park eingerichtet ist und einige Dutzend Leute dort arbeiten, werden sie aufgrund dieser Zahl vielleicht resignieren. Solange sie im Vorfeld aber noch eine Chance sehen, ihr Ziel zu erreichen, glaube ich, dass sie weitermachen.«

»Also müssen wir alle schützen, von denen man jetzt schon annehmen kann, dass sie mal in der Parkverwaltung zu finden sein werden«, überlegte Wellmann weiter.

»Die Hauptakteure bewachen wir ja bereits«, warf Franz-Otto Kühn ein. »Aber wir können doch nicht jedem Waldarbeiter, der vielleicht in den Park versetzt wird, in den nächsten Monaten zwei Personenschützer zur Seite stellen.«

»Also ich würde gerne mal ein paar Wochen einen Förster begleiten. Den ganzen Tag im Wald spazieren gehen, ab und zu einen Hirsch erlegen, das stelle ich mir sehr erholsam vor«, sagte eine junge LKA-Beamtin mit brünettem Pferdeschwanz, die sich aufgrund des Einsatzgebietes schon komplett in Outdoor-Kleidung gehüllt hatte.

»Dich könnten wir höchstens als Köder verwenden«, grinste der runde Rudi. »So wie du gekleidet bist, würdest du ohne Weiteres als Biologin durchgehen.«

Carina Stolz erbleichte. »Etwas Derartiges hatte ich eigentlich nicht vor«, stotterte sie.

»Wieso?«, fragte Oskar Lindt spitzbübisch grinsend. »Als Opfer nehmen wir immer die jungen Ledigen. Da fällt für den Staat die Hinterbliebenenversorgung komplett weg.«

Carina öffnete den Mund, aber es kam nichts heraus. Der badische Humor hatte ihr komplett die Sprache verschlagen.

Lindt beeilte sich, zu entgegnen: »Keine Sorge, nur ein kleiner Spaß am Rande. Wir finden für dich bestimmt eine weniger gefährliche Aufgabe.«

»Das möchte ich doch schwer hoffen«, schnaufte die junge Kommissarin hörbar durch. »Sonst müsste ich mich dafür einsetzen, dass man die höheren Besoldungsgruppen gezielt für gefährliche Aufgaben einsetzt. Am besten ab A 13 und ab Alter 55. Da würde man bei den Pensionen echt sparen. Man müsste dann nur noch die Witwen versorgen.«

Lindt brach in schallendes Lachen aus. »Rudi, wen hast du denn da mitgebracht? Die ist ja wirklich nicht auf den Mund gefallen.«

»Tja, du siehst, Oskar, auch bei uns im Schwäbischen gibt es fähige junge Leute, nicht nur bei dir in Karlsruhe.«

Dann beeilte sich Rauch, wieder zum Thema zurückzukehren. »Wir sollten jetzt mal Prophet spielen: Welche Art von Anschlag haben wir als Nächstes zu erwarten? Wer wird die Zielperson sein? Wo wird der Event stattfinden?« Erwartungsvoll schaute er in die Runde.

Zunächst herrschte betretenes Schweigen. Lediglich Paul Wellmann murmelte: »Ja, wenn wir das wüssten …«

Rudi Rauch ging vor dem Whiteboard auf und ab. »Wir müssen uns in die Köpfe dieser Terroristen versetzen. Sie müssen zum Erfolg kommen. Und Erfolg heißt … na …« Herausfordernd schaute er in die Runde.

»Die Politik in die Knie zwingen«, antwortete Oskar Lindt. »Es irgendwie schaffen, dass das Parkprojekt auf Eis gelegt wird.«

»Und wie würdest du das machen?«

Lindt schaute konsterniert. »Wer, ich? Sehe ich vielleicht aus wie ein BLUTSPECHT?«

»Ja, wie sieht er denn aus, der BLUTSPECHT?« Der runde Rudi riss eines der Bekennerschreiben von der Magnetwand und hielt es in die Höhe. »Hier das Fahndungsfoto. Rote Federn, schwarzer Kopf.«

»Und ein mordslanger spitzer Schnabel«, ergänzte Lindt. »Mit dem hackt er die größten Löcher in die Bäume, ohne Kopfweh zu bekommen.«

»Wenn wir solche auffälligen Einwohner im Murgtal hätten, wäre das Einfangen vermutlich kein Problem«, fuhr Rudi Rauch fort. »Meine Frage geht deshalb in eine andere Richtung: Wie sieht es innen in ihm aus? Drinnen im BLUTSPECHT?« Auffordernd schaute er zu Carina Stolz.

Deren Antwort kam wie aus der Pistole geschossen, und der Pferdeschwanz wippte dabei vor Erregung auf und ab. »Genau! Von dieser Seite müssen wir das Pferd aufzäumen. Wer hat ein Motiv? Wer ist bereit, für seine eigenen Interessen derart schwere Straftaten zu begehen? Wer hat durch den Nationalpark so gigantische Nachteile, dass er nicht anders kann, als zur Gewalt gegen Menschen zu greifen?«

»Existenzbedrohung«, formulierte Rudi Rauch und schrieb es an die Tafel.

Oskar Lindt stand auf und ging ebenfalls nach vorn. »Dieses Wort«, er klopfte mit dem Fingerknöchel darauf, »dieses Wort, lieber Rudi, kannst du vergessen. Seit unseren Ermittlungen vor ein paar Monaten, als das Murghotel abgebrannt ist und man den jungen Hotelier aufs Glatteis geführt hat, bin ich mir sicher, dass hier in diesem Tal alle – zumindest langfristig – von einem Nationalpark profitieren werden.«

»Alle? Meinst du das wirklich?«, zweifelte Franz-Otto Kühn.

Lindt nickte: »Davon bin ich felsenfest überzeugt. Der Widerstand ist nur die Angst vor etwas Neuem, Ungewohntem, von dem man nicht sicher weiß, in welche Richtung es sich entwickeln wird. Nehmen wir als Beispiel doch mal die Gastronomen. Die haben mittlerweile mehr und mehr erkannt, welche Chancen in dem Park stecken. Etwas Einmaliges, etwas Exklusives, was es sonst in unserem Bundesland nirgends gibt. Die Gästezahlen werden sicherlich steigen. Nicht umsonst haben sich in den letzten Monaten über 100 Hotels und Gasthöfe öffentlich *pro Nationalpark* geoutet. Nach und nach ist denen ein Licht aufgegangen.«

Rudi Rauch runzelte die Stirn. »Oskar, ich weiß ja, dass du ein Naturliebhaber bist und laufend deine Freizeit hier im Schwarzwald verbringst, aber das, was du sagst, hört sich fast so an, als wärst du Mitglied im *Freundeskreis Nationalpark*. Herzlich willkommen, sagen die doch.«

»Mein lieber Rudi.« Lindt, der seinen Kollegen um mehr als Haupteslänge überragte, holte tief Luft. »Wenn du damit meine Objektivität infrage stellen willst, hast du dich geschnitten. Ich bin Realist.«

Kripochef Kühn hielt es für geboten, einzuschreiten: »Jetzt kommt mal wieder runter. Bitte sachlich bleiben. Wir sind immer noch bei der Suche nach einem existenzbedrohenden Motiv.«

»Was ist denn mit der Holzindustrie?«, fragte Carina Stolz. »Den Sägewerken fehlt doch ihr Rohstoff. Habe ich zumindest gelesen.«

Oskar Lindt hob die Hand. »Auch da haben Paul und ich schon intensiv recherchiert. Dieses Argument sticht nicht. Zum einen wird in den ersten Jahrzehnten immer noch Holz aus den Nationalparkflächen kommen.«

»Was?«, wunderte sich die junge Kollegin. »Da soll doch die Natur sich selbst überlassen werden.«

»Ja, aber nur in dieser sogenannten Kernzone. Außen rum wird der Wald umgebaut. Hin zu mehr naturnahem Mischwald. Da müssen die falschen Bäume eben raus.«

»Und zudem haben die Werke eine Liefergarantie der Forstverwaltung«, antwortete Paul Wellmann. »Wir haben mal nachgerechnet. Wenn Firmen ihre Gatter stilllegen müssen, dann wegen veralteter Technik und weil die gesamte Sägeindustrie in den letzten zehn Jahren ihre Kapazität enorm erweitert hat, ohne zu wissen, wo das Holz dafür herkommen soll.«

Lindt stimmte zu: »Ihr seht also, der Kampf ums

Holz hat ganz andere Hintergründe. Aber«, sein Tonfall wurde nachdenklicher, »eines bleibt natürlich.«

»Der Borkenkäfer!«, platzte Carina Stolz heraus. »Der frisst doch die ganzen Tannen auf.«

»Hast du gelesen?« Oskar Lindt hob die Augenbrauen.

»Ja, wieso? Stimmt doch. Oder?«

»Jein«, antwortete der Karlsruher Kommissar. »Tut mir leid, dass ich hier mein Naturkundewissen aus jahrzehntelangem Schwarzwaldurlaub auspacken muss.«

»Oje«, der runde Rudi verzog das Gesicht, »jetzt wird's ernst.«

Doch Lindt fuhr unbeirrt fort: »Es gibt verschiedene Nadelbäume und verschiedene Borkenkäfer. Einer heißt Buchdrucker und neigt zur Massenvermehrung. Gefährdet durch diesen Käfer sind nicht die Tannen, sondern nur die Fichten, und die wiederum sind eine reine Wirtschaftsbaumart. Der Mensch hat sie in den Schwarzwald gebracht. Die Biologen sagen, dass ein natürlicher Wald hier aus vielen anderen Arten zusammengesetzt wäre. Kaum aus Fichten.«

»Ich wusste es«, unterbrach Rudi. »Er ist doch einer von diesen Grünen. Ein verkappter Ideologe in unseren Reihen.«

»Jetzt mach mal halblang.« Lindt klang leicht verärgert. »Ich halte mich nur an Fakten.«

»Schon etwas einseitig gefärbt, deine Objektivität«, ging Franz-Otto Kühn dazwischen. »Wenn ich mir vorstelle, dass die ganzen Fichtenwälder im Park vom Borkenkäfer gefressen werden. Überall tote, abgestorbene Bäume, also nein …«, Kühn schüttelte sich, »… mir würde das nicht gefallen.«

»Deshalb habe ich auch jein gesagt«, antwortete Oskar Lindt. »Es muss zwar nicht so kommen, doch an manchen Stellen könnte sich das bisher gewohnte Landschaftsbild eine Zeitlang deutlich ändern. Aber«, er hob den Zeigefinger, »existenzbedrohend wäre das für niemanden.«

»Ja, Herr Lehrer«, gab Rudi Rauch zurück. »Jetzt genug im Fach Naturkunde. Besinnen wir uns wieder auf unseren eigenen Beruf und suchen weiter nach einem Motiv.«

Lindt schüttelte den Kopf. »Lass mich doch ausreden. Ich war ja noch gar nicht fertig, denn wenn der Borkenkäfer sich so massiv vermehrt, dass er auch außerhalb des Nationalparks zuschlägt …«

»… dann haben wir tote Bäume bei den privaten Waldbauern«, ergänzte Paul Wellmann. »Und die leben schließlich von den Erträgen ihrer Forstwirtschaft.«

»Aha, doch der Borkenkäfer!«, triumphierte Carina Stolz. »Ich hatte also voll ins Schwarze getroffen.«

Ihr Karlsruher Kollege zuckte die Schultern. »Möglich …«, murmelte er. »Aber ob einer von denen deshalb zum Bombenleger wird?«

»Fleißarbeit für unsere Ermittlungsteams?«, überlegte Franz-Otto Kühn. »Ab zum Forstamt und dort die Namen aller Personen feststellen, die rings um die Nationalparkfläche Waldeigentümer sind?«

Lindt zweifelte: »Ich kann mir vorstellen, das geht in die Tausende.« Er ging zur Magnettafel, auf der die Umrisskarte des geplanten Nationalparks hing, und fuhr mit seinem Kugelschreiber an der Grenze entlang. »Hier im Westen, nach Seebach und Ottenhöfen runter, da gibt es zig kleine Gehöfte mitten im Wald. Oder da, auf der östlichen Seite des Murgtals: unten in Schwarzenberg und oben auf der Hochebene bei Besenfeld, lauter jahrhundertealte Höfe. Die wollen wir alle nach ihren Alibis fragen? Und die Söhne, Neffen und Enkel auch noch? Womöglich gleich mit einem DNA-Test kombiniert? Nein, ich halte dieses Vorgehen nicht für praktikabel.«

»Und wenn wir die Namen wenigstens alle mal durch unsere EDV jagen und nach schwarzen Flecken auf grünen Westen suchen?«, überlegte Carina Stolz.

Franz-Otto Kühn nickte: »Genau. Da haben wir doch schon eine weniger gefährliche Arbeit für dich. Stell ein Team aus zehn Kollegen zusammen, und morgen geht's los.«

Carina schaute ihn bedeppert an: »Also eigentlich hatte ich mir Außendienst im Schwarzwald irgendwie anders vorgestellt.«

»Wie denn? Geländespiele? Auf dem Bauch hinterm Busch liegen und observieren? Bitte, kannst du haben. Dann ab zum Personenschutz für unsere Zielgruppe 1.«

»Zielgruppe 1?«

»Ja natürlich. Die mit der potenziell höchsten Gefährdungsstufe. Die bekannten Köpfe halt. Naturschützer, Biologen, Wissenschaftler. Die, die im Fernsehen schon immer in der vordersten Reihe standen. Wo sollen die BLUTSPECHTE denn beim nächsten Mal zuschlagen, wenn nicht dort?«

Die junge Kommissarin öffnete den Mund, aber es kam nichts heraus außer: »… ääh, jaaa …«

»Ja was jetzt?«, fragte Rudi Rauch amüsiert. »Ich persönlich bleibe lieber hier in der Zentrale. Du darfst dir gerne die Lorbeeren verdienen.«

»Und die Strafversetzung, wenn ich nicht verhindern kann, dass wieder was passiert?«

»Tja«, meinte Oskar Lindt, »Himmel und Hölle liegen eben manchmal recht nahe beieinander. Wir Alten haben da unsere Erfahrungen. Die ›Eiserne Lea‹ zum Beispiel ist überhaupt nicht zimperlich, wenn was gründlich in die Hose geht. Die macht dich ruckzuck einen Kopf kürzer.«

»Das heißt Fußstreife?«

»Hat sie Paul und mir schon ein paar Mal angedroht, aber irgendwie hatten wir immer noch Glück.«

Carina Stolz schnellte von ihrem Stuhl empor: »Ich mach's! Nur wer wagt, gewinnt!«

Lindt hob die große Tasse mit dem unvermeidlichen Milchkaffee: »Na dann prost. Auf unsere neue Biologin!«

»Und ihre Unversehrtheit«, ergänzte Paul Wellmann halblaut.

»Uns beiden nehmen die BLUTSPECHTE die Wissenschaftler halt nicht ab. Bei ihr sieht das ganz anders aus.« Lindt zeigte auf die Funktionskleidung der Kollegin. »Das Outfit passt haargenau. Morgen stellst du dich im Naturschutzzentrum vor.«

6

Auch der BLUTSPECHT hatte für diesen Tag schon allerhand geplant. Ab halb sieben Uhr in der Frühe belud er seinen Campingbus mit jeder Menge Utensilien. Er fuhr den Wagen aus der Garage, stellte ihn mitten auf den Hof und legte es darauf an, gesehen zu werden.

Intensiv reinigte er die Scheiben, prüfte das Motoröl, füllte Waschwasser nach und schob seinen fahrbaren Kompressor einmal rings ums Auto. Optimaler Luftdruck für alle Pneus. Selbstverständlich widmete er sich auch intensiv dem mattschwarzen Fahrrad, sprühte Spezialöl auf Kette und Gangschaltung, polierte den Sattel mit englischem Lederfett, montierte eine Weile an den Bremszügen herum und sorgte auch hier für einen passenden Reifendruck. Dann stellte er das Bike auf den Heckträger, kontrollierte alle Befestigungen und begann anschließend, Kleider, Schuhe sowie mehrere Taschen und Rucksäcke aus dem Haus zu tragen und im Fahrzeug zu verstauen.

Irgendwann hatte er Glück. Glück wie immer. Seine Nachbarin kam aus dem Haus, um ihre beiden Kinder zur Bushaltestelle zu begleiten.

»Guten Morgen, Frau Schwarz«, rief Reinhard Richter ihr über den Gartenzaun zu und stellte den Seesack, den er über der Schulter trug, vor sich aufs Pflaster. »Ich mach ein paar Tage frei. Dolomiten. Wahnsinns Biketouren. Sie kennen ja meine Leidenschaft. Dort war ich im Herbst noch nie. Ob Sie wieder einen Blick auf mein Haus …?«

»Machen wir doch gerne, Herr Richter«, antwortete Anja Schwarz. »Wenn Sie uns den Schlüssel da lassen, gieße ich auch gerne Ihre Blumen.«

Richter winkte lächelnd ab. »Hab umgestellt. Nur noch Kakteen. Die halten durch, bis ich zurück bin. Und die Post fällt zum Briefschlitz rein. Es reicht, wenn Sie ›Aktion wachsamer Nachbar‹ machen.«

»Kein Problem. Wir halten die Augen offen. Sie können beruhigt durch die Berge radeln. Uns ist grad nicht so nach Urlaub. Sie wissen ja, unser Alf. Wir können es immer noch nicht fassen.«

»Unglaublich«, schüttelte Richter den Kopf. »Ich begreif einfach nicht, wie jemand so was …«

Die Frau des Försters bekam ganz feuchte Augen und wandte sich schnell zum Gehen. »Wir müssen. Der Bus kommt gleich. Erholen Sie sich gut.«

»Danke«, antwortete Reinhard Richter und schaute den Dreien noch ein paar Sekunden hinterher. Dann stellte er den Sack ins Auto, verschloss die Haustür und setzte sich ans Steuer.

Die Fahrt in die italienischen Alpen dauerte aber lediglich eine knappe Stunde.

Genau genommen kam er nur bis in den mittleren Schwarzwald, und trotzdem hatte der BLUTSPECHT sein Ziel erreicht: Hinterlehengericht, ein weitläufiger

Teil des Kinzigstädtchens Schiltach, ein riesiges Gebiet mit sehr wenigen Menschen und sehr viel Wald. In den Tälern und auf den Hochebenen links und rechts des Flüsschens Schiltach, das von Schramberg her kommt, liegt verstreut eine große Zahl stattlicher Waldbauernhöfe.

Bereits Reinhard Richters Vater hatte in diese Gegend enge Geschäftsbeziehungen unterhalten. *Richter Rundholz* kaufte und verkaufte. Ein Holzhändler, der sich in den Jahrzehnten nach dem Krieg ein sattes finanzielles Polster zulegen konnte, indem er im Bauernwald unterwegs war und den Hofbesitzern die mühselige Vermarktung ihrer Stämme abnahm. Günstig aufkaufen und mit einem gehörigen Aufschlag wieder an die vielen kleinen Sägewerke weitergeben. Er wusste stets genau, welcher Hof gerade im Holzeinschlag war und welcher Gattersäger mit Nachschub versorgt werden musste.

In den Zeiten hoher Holzpreise und geringer Löhne blieb für alle Geschäftspartner genug übrig, vor allem aber für *Richter Rundholz*. So viel, dass es irgendwann sogar dazu reichte, die Jagd auf einem dieser stolzen Schwarzwaldhöfe zu pachten. Als Richter senior dann dort noch ein kleines Tagelöhnergehöft kaufen und zum Jagdhaus umbauen konnte, war sein Glück perfekt. 14 Jahre durfte sich Otto Richter darüber freuen, dann brach ein morscher Hochsitz unter ihm zusammen und er sich das Genick.

Sein Sohn kündigte daraufhin seine Stelle als Einkäufer bei einem Großsägewerk in Bayern und übernahm das Geschäft. Reinhard, der einzige Nachkomme, baute sich ein nobles Haus, widmete sich allen möglichen Sportarten, insbesondere auch der sportlichen Damenwelt, und gedachte, weiterhin von einer satten Handelsspanne bequem leben zu können. Leider jedoch legte er nicht die gleiche Energie wie sein rühriger Vater in die Pflege der Geschäftsbeziehungen, und als man für einen Festmeter Holz längst nicht mehr so viel kaufen konnte, wie noch dreißig Jahre zuvor, erkannten die Waldbauern nach und nach, dass es sich auszahlte, die Früchte ihrer mühseligen Arbeit selbst zu vermarkten. Sie schlossen sich zusammen, und *Richter Rundholz* bekam von Jahr zu Jahr weniger Angebote.

Das ererbte Finanzpolster des jungen Holzhändlers begann bedrohlich zu schwinden. Richter junior erkannte die Gefahr rechtzeitig und sattelte um. Fortan handelte er immer weniger mit Holz, dafür in steigendem Maße mit Aktien. Vor allem am neuen Markt, dessen Kurse ihn in schwindelerregende Höhen trugen.

Und wenn er auch nicht die Leutseligkeit seines Vaters geerbt hatte, so doch dessen Geschäftssinn. Tatsächlich war er schlau genug gewesen, kurz vor dem Platzen der Börsenblase auszusteigen, sich einige Millionen zu sichern und nach dem Crash damit wieder zu sehr viel niedrigeren Kursen einzusteigen.

Ein Glückskind eben, davon war er überzeugt. Deshalb zweifelte er auch keine Minute daran, dass es ihm – ja genau ihm und keinem anderen – gelingen musste, diesen verhassten Nationalpark zu Fall zu bringen. Denn was er auch anpackte, er hatte Erfolg.

Erfolg – ebenso auf der Jagd, die er mit gleicher Leidenschaft wie sein verstorbener Vater betrieb. Immer noch war *Richter Rundholz* der Pächter derselben Hofjagd im Hinterlehengericht, und immer noch gehörte ihm das kleine urige Jagdhäuschen in dem stillen abgelegenen Waldtal.

Genau dort – und nicht in den Dolomiten – traf Reinhard Richter nun ein.

Carina Stolz war zur selben Zeit bereits im Gelände unterwegs. Tief atmete sie die frische Waldluft ein, hielt ihr Gesicht in die Sonne und genoss die Aussicht. »Warum bin ich eigentlich zur Polizei gegangen, wenn man auch in einer so herrlichen Umgebung arbeiten kann?«, fragte sie Rosanna van de Loo, eine Biologin des Naturschutzzentrums, zu deren persönlichem Schutz sie eingeteilt war.

»Mach dir nur keine Illusionen«, kam die Antwort. »Auch hier gibt es grässliche Tage. Nebel, bei dem du die Hand nicht vor den Augen siehst, oder schwerer kalter Dauerregen, den der Sturm waagerecht über die Höhen peitscht.«

»Du wirst ja auch nicht immer draußen sein«, stellte Carina fest. »Bei so üblem Wetter halten sich die Grashüpfer und Heuschrecken bestimmt versteckt.«

»Das stimmt natürlich. Solche schönen Exemplare wie dieses Heupferd hier siehst du nur an einem derart tollen Herbsttag wie heute. Außerdem ist diese Art hier oben eher selten.« Die Biologin ging in die Hocke und betrachtete das imponierend große zartgrüne Tier, das auf einem Borstgraspolster saß.

Damit alles echt wissenschaftlich und nicht nach Personenschutz aussah, beteiligte sich die Polizistin an den Außenarbeiten und hielt die Schreibmappe in der Hand, um zu notieren, was Rosanna ihr diktierte. Mit dem Forschungsprojekt über die »Schrecken auf Extensivweiden des Grindenschwarzwaldes« beschäftigte sich die gebürtige Holländerin im Rahmen ihrer Doktorarbeit nun bereits seit mehreren Monaten.

»Die Fragestellung ist ganz einfach«, hatte Rosanna ihre »wissenschaftliche Hilfskraft« instruiert. »Hier oben entlang der B 500 haben wir weitläufige offene Flächen, die nicht bewaldet sind. Grinden werden sie genannt und sind durch Viehhaltung in früheren Jahrhunderten entstanden. Seit einigen Jahren hat man wieder begonnen, diese Bereiche mit Schafen, Ziegen oder Hinterwälder Rindern zu beweiden, um sie vor dem Zuwachsen zu bewahren. Mein Forschungsauftrag ist es, herauszufinden, ob es auf den Weideflächen mehr oder weniger Arten dieser Heuschrecken und ihrer Verwandten gibt als auf den Flächen ohne Vieh.«

Dann hatte sie Carina ein Foto hingehalten. »Die Alpine Gebirgsschrecke. So sieht sie aus und sie ist hier irgendwo. Das weiß ich genau. Sehr selten, aber sie wurde bereits bestätigt. Wir werden sie heute finden und in den nächsten Tagen so genau wie möglich erforschen.«

»Hätte das für dich auch berufliche Auswirkungen?«

Die Holländerin lächelte: »Mein Ziel ist natürlich, einen umfangreichen Artikel in der Fachpresse zu veröffentlichen.«

»Dann wärst du auf einen Schlag bekannt«, folgerte die Polizistin.

Rosanna beugte sich zu ihr hinüber und flüsterte ins Ohr: »Genau. Und meine Chancen auf eine Stelle beim Nationalpark würden deutlich steigen.«

»Ach so, daher weht der Wind. Klar doch. Jetzt verstehe ich. Aber …«

»Was aber?«

»Ja wenn er nun nicht kommt, der Park?«

Rosanna van de Loo machte eine wegwerfende Handbewegung: »Ach was, wir gehen alle davon aus, dass das Gesetz im Landtag durchgeht. Das wäre ja noch schöner, wenn sich die Regierung durch den Protest dieser Hinterwäldler hier abschrecken ließe. Und damit meine ich nicht die vierbeinigen Rindviecher! Die heißen Hinterwälder!«

Carina Stolz betrachtete die Biologin intensiv. War es hochmütig, so von den Einheimischen zu sprechen, die sich um ihre Heimat Sorgen machten? Wissenschaft im Elfenbeinturm?

»Durch den Protest vielleicht nicht, aber was passiert, wenn diese BLUTSPECHTE keine Ruhe geben? Ich begleite dich ja nicht ohne Grund.«

Rosanna lachte: »Meinst du vielleicht, dass uns hier einer auflauert? Unsere Chefs, die müssen sich vielleicht etwas vorsehen. Ich selbst stehe zwar mit auf der Homepage des NAZ, aber so bekannt bin ich nicht. Wer soll an mir schon was finden?«

Die Kommissarin schaute sich suchend um. »Von der Straße aus sind wir zu sehen. Aus einem langsam fahrenden Auto erkennt man auf jeden Fall, dass wir hier kein Picknick machen, sondern irgendwas suchen.«

»Es muss echt an deinem Beruf liegen, dass du überall Verbrechen witterst. Ich mache mir da wirklich keine Sorgen.«

Ein leicht mulmiges Gefühl beschlich die LKA-Beamtin, aber sie beschloss, nicht weiter darüber zu reden. Vielleicht hatte die Biologin ja recht, und sie sorgte sich tatsächlich unnötig. Auch die Frage, die ihr auf der Zunge lag, schluckte sie hinunter. Heute Abend konnte sie ganz einfach im Internet nachschauen, wie Rosanna van de Loo im Internetauftritt des Naturschutzzentrums aufgeführt war. Nachdenklich musterte sie erneut die Umgebung und tastete dann instinktiv zu ihrer Dienstpistole, die unter der schwedischen Outdoorjacke eine kleine Beule bildete …

Reinhard Richter nutzte den Tag, um es sich in seinem Jagdhaus gemütlich zu machen. Er öffnete das Tor der kleinen Scheune, fuhr den blauen VW-Bus hinein und statt dessen den schwarzen Suzuki Vitara heraus. Ein zwar alter, aber wenig gebrauchter kleiner, wendiger Jeep, den er als Jagdwagen hier stationiert hatte. Lüften, Feuer machen, Lebensmittel und Kleider in die

Schränke räumen – routinierte Tätigkeiten für einen längeren Aufenthalt in dem versteckt gelegenen Domizil.

Als Nächstes packte er den gut gepolsterten Inhalt des olivgrünen Seesacks aus. Zuerst der alte Lodenmantel. Er diente als Unterlage. Doppelt gefaltet breitete er ihn auf dem zerfurchten Holztisch aus. Dann beförderte er nach und nach die anderen Inhalte ans Tageslicht und legte sie fein säuberlich nebeneinander auf den abgenutzten Wollstoff.

Den seidenmatten Schaft aus hochwertigem Nussbaumholz, die beiden Gewehrläufe, zwei Zielfernrohre in ihren schützenden Kartons, eine aufklappbare Werkzeugbox samt Putzzeug und zuletzt mehrere Schachteln mit Patronen, die dicken im Kaliber 30-06 und die kleinen schnellen .223er aus der Schweiz. Heute wollte er die flinke Giftspritze hier im ruhigen Revier probeschießen.

Zusammenbauen, mit einem leicht geölten Filz abwischen, den Lauf mit dem Putzstock durchziehen – alle Handgriffe hätte er auch in völliger Dunkelheit machen können, so groß war die Routine mit der Blaser R 93 Repetierbüchse. Eine herrliche Waffe, an die er so gewöhnt war, dass er sie mit traumwandlerischer Sicherheit blind bedienen konnte. Die anderen Gewehre daheim im Stahlschrank kamen nur selten zum Einsatz. Dieses hier war ihm so vertraut, als wäre sie ein Körperteil.

Vorsichtig nahm er die Blaser in die Hand, griff nach einer kleinen Schachtel mit gelben Gehörschutzpfropfen, öffnete die Tür zur ausgetretenen Holztreppe und stieg hinauf. Vom Doppelfenster unter dem schwarzwaldtypischen Walmdach konnte er die lang gezogene Wiese hinter dem Haus gut überblicken.

Von hier aus hatte er schon seit Jahren immer wieder die Schussleistung seiner Waffen überprüft. Er rückte den roh gezimmerten Tisch ans geöffnete Fenster, legte den Sandsack darauf und setzte sich auf einen primitiven Hocker. Das Gewehr lag satt auf dem Polster, sein Ellenbogen hatte gute Auflage. Beste Voraussetzungen für einen exakten Schuss! Langsam drehte er die Vergrößerung am Zielfernrohr nach oben. 15-fach, ein kristallklares Bild und dann dieser phänomenale Leuchtpunkt! Es lohnte sich einfach, Spitzenqualität zu kaufen. Reinhard Richter visierte hindurch. 84 Meter – das wusste er – bis ganz nach hinten. Die Zapfen der alten Trauffichte dort am Waldrand waren zum Greifen nah.

Dann schob er eine Vollmantelpatrone ins Lager. Schaft gut einziehen, Spannschieber vor, Zeigefinger an den Abzug, einatmen, ausatmen und … Schuss. Donnernd verließ die .223 den dicken Matchlauf.

Sein Vater hatte es ihm damals beigebracht, genau hier an diesem Fenster. »Du musst durchs Feuer schauen. Nicht zwinkern beim Schuss. Ich will kein zugekniffenes Auge sehen. Nur dann siehst du, wie das Wild zeichnet.«

Er konnte es noch immer: Zusehen, wie der Fichtenzapfen im Knall zerplatzte. Tausend kleine Brösel zerstoben in der Luft und rieselten langsam zu Boden.

Ja! Richter reckte die Faust in die Höhe. Passt haargenau!

Auch damals hatten sie immer auf die Zapfen geschossen. Gut, dass der alte Baum so viele hatte. Für heute beließ er es bei drei Schuss. Die nächste Patrone war für ein anderes Ziel vorgesehen – für ein lebendes Ziel.

Das würde er morgen ins Visier nehmen. Genau dort, wo er das Objekt seiner Begierde schon mehrmals beobachtet hatte.

Reinhard Richter schaute auf die Uhr. Erst halb sechs. Noch einige Stunden bis zur Dunkelheit. Er überlegte. Vielleicht doch ein weiterer Probeschuss?

Ja warum nicht die Gelegenheit nutzen? Schließlich war er hier der Jagdherr.

Er stieg die enge Treppe wieder nach unten und zog sich um. Gestern war die neue Garnitur mit der Post gekommen. Dieselbe Tarnkleidung, die sich bereits im Wald bei Obertal bewährt hatte. Jacke und Hose. Neue Hose. Leider. Die vorherige hatte er ja zerrissen, dort an diesem rauen Stein …

Wieder komplettierten Handschuhe und Gesichtsmaske sein Outfit. Bisher war er kein Freund dieser Verkleidung gewesen. Lederhose, Lodenjacke und grüner Hut, so sieht ein Jäger aus. Traditionell. Zünftig. Wie schon sein Vater.

Jetzt aber kannte er die Vorteile. Für das Wild nahezu unsichtbar zu sein, war eine ganz neue Erfahrung. Wenn der Wind passte, bemerkten einen die Tiere fast nicht.

Auch die Rehgeiß mit ihren beiden schwachen Kitzen ahnte nichts von der drohenden Gefahr. Übermütig tollten die Jungen im Umkreis der Mutter herum und naschten da ein Himbeerblatt, dort ein saftiges Weidenröschen. Vielleicht war die Geiß ja noch jung und unerfahren. Vielleicht lag es auch daran, dass hier nur selten ein Mensch vorbeikam. Auch sie ließ es sich in der Abendsonne auf der kleinen Waldlichtung schmecken.

Den Mann bemerkte sie nicht. Vorsichtig setzte er im Schatten der hohen Weißtannen auf dem Grasweg Schritt vor Schritt. Das Muster der Kleidung ließ den Jäger vollkommen mit dem Hintergrund des Herbstwaldes verschwimmen. Zwei Patronen hatte er im Magazin, eine im Lauf. Ein Schritt noch, dann konnte er die Blöße überblicken.

Reinhard Richter handelte sehr schnell. Er drückte sich an die nächste dicke Tanne, visierte eines der Kitze an, der Leuchtpunkt stand genau auf dem Blatt – bumm! Das kleine Reh sackte auf der Stelle in sich zusammen.

Blitzschnell repetierte Richter, der rote Punkt schien das zweite Reh automatisch zu finden – bumm! Ein Salto, dann verschwand es im hohen Gras. »Und weil es so schön war«, sagte der Jäger unhörbar zu sich, »nehme ich die Alte auch noch mit.« Bumm – die Rehgeiß wurde ebenfalls zu seiner Beute.

Glück! Wieder mal Glück gehabt. Drei auf einen Streich. Der Waldbauer würde es ihm danken. Drei Rehe weniger, die sich im Winter über die Knospen seiner jungen Weißtannen hermachten.

Reinhard Richter schleppte die Rehe zu seinem schwarzen Geländewagen, nahm sie am Brunnen aus und hängte sie in den kühlen Keller. Er heizte den Holzherd nochmals kräftig an, schnitt eine der Rehlebern in Scheiben, briet sie in der gusseisernen Pfanne und ließ sich das Jägermahl schmecken. Er war sehr zufrieden. Ein gutes Omen für den nächsten Tag!

Den begann er ohne Hektik. Dieses Mal benutzte er seinen zweiten falschen Vollbart, grau meliert und deutlich länger als der dunkle, den er in der Schweiz getragen hatte. Ein kritischer Blick in den Spiegel – klar, rüstiger Rentner. Er ließ beim Ankleben noch größere Sorgfalt walten als beim letzten Mal. Über die Bemerkung von Bernhard Bülach war er immer noch recht irritiert.

Auch beim Kopf setzte er auf Silbergrau. *Perl Ash* nannte sich das Produkt. Das Ergebnis war eher enttäuschend, aber er ließ es so. Nach dem Färben trugen seine Haare jetzt zwar eine merkwürdige Mischung aus Braun-grau-silbern, doch weit würden sie ohnehin nicht unter dem breiten grünen Lodenhut herausschauen.

Als Kleidung wählte er heute ein konservatives Outfit. Nein, keine kräftigen Farben, nein, nichts, was eng anliegt. Ein 60-jähriger Wanderer zieht sich schon ein wenig anders an als ein dynamischer 40er. Außerdem trägt so einer auch keine spacige Sportbrille, sondern ein Modell mit Goldrand. Seriös eben. Die Gläser trotzdem genau so dunkel.

Heute und bei den weiteren Aktionen, die er in naher Zukunft vorhatte, würde es extrem wichtig sei, dass ihn niemand erkannte. Dieses Risiko musste auf jeden Fall ausgeschaltet werden, wenn er in seiner näheren Heimat wieder zuschlagen wollte.

Im Moment war Reinhard Richter aber noch völlig relaxed. Kein Stress, die Zeit drängte nicht. Erst musste der Frühtau abtrocknen. Nasses Gras, benetztes Beerenkraut und feuchte Heidesträucher – vermutlich wären die Grashüpfer da noch ziemlich inaktiv. Und ohne diese Insekten würde auch das nicht zu finden sein, weswegen er sich nun aus seinem Versteck auf den Weg an die Schwarzwaldhochstraße machte.

Gegen zwölf Uhr bog er mit dem Suzuki Vitara an der Alexanderschanze auf die B 500 ein. Schon am Jagdhaus hatte er das Verdeck aufgeklappt und genoss die Fahrt in seinem kleinen offenen Geländewagen. Links neben der Straße weideten Schafe und Ziegen, ein wahrhaft idyllisches Bild.

Genau diese Idylle würde er heute zerstören. Er fühlte bereits das Jucken im rechten Zeigefinger. Gestern hatte er drei Leben mit drei gezielten Schüssen ausgelöscht, heute reichte ihm einer.

Nach Sprengstoff und Steinschlag wählte der BLUTSPECHT jetzt eine weitere Steigerung seiner Mittel. Beschleunigtes Blei!

Die ganze Fahrt über hatte er überlegt, auf welches Körperteil er zielen sollte. Bei Kopf und Brust würde die Wirkung des Geschosses schlagartig und endgültig sein. Der finale Schuss! Ein erregender Gedanke, der ihn erschaudern ließ. Dennoch schwankte er. Vielleicht musste er sich das noch aufheben. Bei einem Treffer in Bauch oder Extremitäten würde sein Opfer eventuell mit dem Leben davonkommen – wenn der Rettungshubschrauber schnell genug wäre.

Jaaa … er fühlte das Kribbeln … einmal quer durchs Gedärm … nicht schlecht und zudem eine rechte Sauerei bei der Notoperation, sollte es sein Zielobjekt überhaupt bis in ein Krankenhaus schaffen. Oder doch in den Oberschenkel? Bei einem so großen Muskel würde es schnell gehen mit dem Verbluten. Die Kniescheibe? Dort zu treffen, wäre je nach Entfernung eine echte Herausforderung. Ein Kunstschuss, so wie auf die Fichtenzapfen.

Reinhard Richter entschied sich dafür, spontan zu handeln. Je nach Situation. Je nach Stimmung.

Jetzt musste er sein Opfer aber erst einmal aufspüren. Wer im Internet schreibt, dass er Heuschrecken zählt, der kann sich nur auf einer der Grindenflächen aufhalten. Auf dem Präsentierteller sozusagen. Dort hatte er diese Holländerin bei seinen Biketouren tatsächlich auch schon mehrfach gesehen. Wirklich sehr unvorsichtig …

Dumm, wenn manche Leute so gar nicht lernfähig sind. Wer den BLUTSPECHT nicht ernst nimmt, der muss eben fühlen!

Er passierte die Abzweigung zur Zuflucht, wo vor Kurzem ein Hotel wieder eröffnet worden war, und hielt kurz am Parkplatz *Lotharpfad* an. Dort hatte man nach *Lothar*, dem Weihnachtsorkan des Jahres 1999, die umgeworfenen Fichten, Tannen und Buchen bewusst liegen gelassen. Immer noch wiesen abgerissene Stämme wie Mahnmale gen Himmel. Ein Fußweg war in den Verhau gebaut worden. Treppen, Stege und sogar eine Aussichtsplattform. Jetzt kamen täglich Scharen von Besuchern vorbei, um zu sehen, wie sich die Natur selbst regenerierte. Logisch, dass überall zwischen den umgeworfenen Bäumen neue kleine Sprösslinge emporwuchsen. Dass sich die Fläche so entwickeln würde, lag ja auf der Hand. Diese Ökos vom NAZ am Ruhestein machten dauernd Führungen und belaberten die Touristen mit ihrem ideologisch gefärbten Naturschutz-Blabla.

»Die Natur hilft sich selbst.«

»Überall natürliche Verjüngung.«

»Die Natur kann alles besser.«

»Die Natur braucht keine Menschen, doch die Menschen brauchen die Natur.«

Einmal hatte er sich einer solchen Führung angeschlossen, aber nach der Hälfte der Strecke war er umgekehrt, kurz davor, diesem Naturschutz-Hansel mit seinen grünen Parolen gehörig die Meinung zu sagen. Doch er hatte seine Kritik hinuntergeschluckt. Öffentlich zu diskutieren, war noch nie sein Ding gewesen. Zudem hätte dieser Naturschützer sicherlich alles besser gewusst.

Aber er konnte einfach nicht mehr zuhören und behielt für sich, was ihn so furchtbar störte: das schöne

Holz! Die ganzen wertvollen Stämme, die man problemlos hätte nutzen können. Wie viel Geld da der Staatskasse entgangen war … Zigtausende, damals noch D-Mark! Unglaublich, so mit öffentlichem Eigentum umzugehen!

Alles zerfiel zu Moder und Humus. Pilze wuchsen aus den Sturmwurf-Bäumen und zersetzten deren Struktur. Überall bohrten sich die unterschiedlichsten Käferchen hinein und legten Eier ab. Ihre Larven fraßen schmatzend grobe Gänge durchs Holz.

Genau so würde es in einem Nationalpark auch kommen. Aber nicht auf einem Hektar, sondern gleich auf 10 000! Nein, das musste verhindert werden – auf jeden Fall! Reinhard Richter fühlte, wie die Zornesröte in sein Gesicht stieg. Schnell startete er sein Auto wieder und verließ den Parkplatz *Lotharpfad*.

Gemächlich, mit maximal Tempo 70, fuhr er weiter. Auf jedem Parkplatz hielt er an, stieg aus und schaute umher. Auch während der Fahrt spähte er intensiv überall dorthin, wo sich offene Grinden erstreckten. Als er bis zum Schliffkopf nichts entdeckte, wurde er nervös. Der Tau war fast überall verdunstet, das hatte er bereits überprüft. Warum entdeckte er dann nicht, was er suchte? Konnte es sein, dass gerade heute, bei diesem warmen, trockenen Herbstwetter keine Grashüpferkartierung stattfand? Nein, das hielt er für sehr unwahrscheinlich. Okay, das Risiko, möglicherweise niemanden anzutreffen, war ihm im Prinzip schon bewusst gewesen. Es gab immer irgendwelche Erklärungen.

Aber er hätte ja schlecht im NAZ anrufen und sich nach dem Ort der Arbeiten erkundigen können.

Auf jeden Fall schätzte er diese Holländerin so ein, dass auch sie auf einen gut dotierten Posten im künftigen Nationalpark spekulierte. Alle taten das, ganz klar!

Heute würde er ihr einen Strich durch die Rechnung machen.

Heute würde der BLUTSPECHT zum vierten Mal zuschlagen, und zwar grausamer denn je!

Am Ruhestein stieg er wieder aus. Mit seinem zehnfach vergrößernden Fernglas suchte er den Skihang ab. Ob sie etwa dort zugange war? Enttäuscht setzte er die Optik ab. Nein, nur ein paar Touris auf den Wanderwegen.

Dann eben Plan B. Jetzt musste er die Flächen aufsuchen, die von der Straße aus nicht einzusehen waren. Er startete den Wagen von Neuem und machte kehrt.

Einer Intuition folgend, fuhr er nochmals in den Parkplatz, der kurz vor dem Schliffkopfhotel links der Straße gelegen war. Von hier aus konnte man wunderbar ins Murgtal hinunter sehen. Einige Minuten betrachtete er seine Heimat und fühlte wieder:

Es ist richtig, was ich mache.

Einer muss es ja tun.

Ich bin der Eine.

Direkt am Parkplatz erstreckte sich eine eingezäunte Weidefläche nach unten. Im Schatten großer Fichten lagen einige der Hinterwälder Rinder beim gemütlichen

Wiederkäuen. Volle Landromantik. Seine Gedanken schweiften ab: Wunderschön, meine Heimat.

Eine Bewegung in seinem Gesichtsfeld holte ihn in die Realität zurück. Fast hätte er die zwei Personen übersehen. Gebückte Haltung, ziemlich weit unten, fast am Zaun. Schnell griff er nach dem Fernglas. Tatsächlich! Die hatte er vorher nicht bemerkt. Zwei Frauen. Blond und brünett. Mehr erkannte er noch nicht. Jetzt erhob sich die eine, schrieb etwas auf.

Das sah ganz nach wissenschaftlicher Arbeit aus. Entweder Pflanzenkundler oder …

Reinhard Richter stellte sich hinter die offene Fahrertür seines Jeeps und legte das Glas am oberen Rand auf. Jetzt sah er es genauer. Beide Frauen standen aufrecht. Wenn er die Gesichter … Ja! Die blonde Kurzhaarige mit der grellgrünen Jacke war diese Holländerin. Eindeutig. Wie auf dem Foto im Internet. Die andere?

Er hatte einen Ausdruck der NAZ-Homepage gemacht und zur Sicherheit mitgenommen. Ein schneller Blick darauf – braune Haare, hinten zusammengebunden, nein, dieses Gesicht war nicht dabei. Bestimmt eine Praktikantin. Studentin oder so. Die musste aufschreiben, was ihr die Giftgrüne sagte.

In Reinhard Richters Kopf begann es zu arbeiten. So einfach wie bei den drei Rehen gestern ging es hier nicht. Vom Auto aus zu schießen hätte zwar den Vorteil einer guten Auflage gehabt, aber jeden Moment konnte noch ein weiterer Wagen in den Parkplatz einbiegen. Außerdem war es doch ziemlich weit, bis ganz dort hinunter.

Nein, er blieb bei seinem ursprünglichen Plan. So hatte er es sich ausgedacht und so wollte er es vollbringen. Auf der Rücksitzbank lag alles parat – bestens verpackt.

Zuerst das Auto außer Sichtweite parken. Richter fuhr zurück auf die B 500 und stellte den Suzuki in der Einfahrt des nächsten Waldweges ab. Schön seitlich, damit er niemanden behinderte, doch die Einmündung war breit. Auch ein Langholzwagen würde problemlos vorbeikommen. Von hier aus konnte er sich optimal durch den Wald anschleichen.

Mit wenigen Handgriffen zog er das Planenverdeck zu, griff sich den großen schwarzen Wanderrucksack und schloss das Auto ab. Er peilte die Richtung, ging einige Meter, blieb stehen, überlegte, machte kehrt. Nein, zu auffällig. An einen Wagen, der direkt neben der Bundesstraße einzeln in einer Einfahrt stand, konnte sich später möglicherweise jemand erinnern. Vielleicht auch einer vom Forst, der dummerweise genau auf diesem Waldweg dahergefahren kam. Und alte Vitara wie der Seine waren auffällig. Es gab nicht mehr viele. Die meisten hatte der Rost zerfressen.

Also setzte sich Reinhard Richter wieder hinters Steuer. Am besten dort parken, wo noch weitere Autos stehen. Er wählte den geschotterten Platz gute 150 Meter südwestlich des Schliffkopfhotels. Weit genug vom Hotelparkplatz und trotzdem nicht verdachterregend einsam. Mehrere Wohnmobile und ein paar Pkws mit auswärtigen Kennzeichen standen bereits da. Gut, um unauffällig zu bleiben.

Mit neuem Schwung schulterte er den Rucksack und wanderte los. Nach einigen Hundert Metern auf Straße und Waldweg schaute er sich um. Gut, niemand zu sehen.

Ab in den Wald, quer durch das lockere Altholz. Gruppen mit kleinen Fichten und Vogelbeeren gaben ihm reichlich Deckung. Als die Bundesstraße längst nicht mehr in Sichtweite lag, suchte er sich einen geschützten Platz und setzte den Rucksack zu Boden. Flink schlüpfte er in seine Tarnkleidung. Wie immer achtete er darauf, auch Gesicht und Hände zu bedecken. Die helle Haut wäre zu auffällig gewesen.

Als Nächstes die Waffe. Lauf einlegen, festziehen, Zielfernrohr darauf, Patronen ins Magazin, durchladen, fertig. Sogar ein kleines Tarnnetz für den schwarzen Rucksack hatte er dabei. Dann pirschte der Jäger vorsichtig weiter, das Gewehr lässig über der Schulter. Schritt für Schritt. Keine hastigen Bewegungen, kein Tritt auf ein Ästchen, das knacken könnte. Immer wieder blieb er stehen.

Genauso machte es auch der Luchs. Gut getarnt schlich der sich vorsichtig an seine Beute an und brach dann überraschend aus der Deckung. Gegenüber der Raubkatze hatte der BLUTSPECHT allerdings einen entscheidenden Vorteil. Er konnte die Distanz zu seiner Beute überbrücken. Sogar bis zu mehreren Hundert Metern. Fest fasste er die Blaserbüchse und stahl sich vorwärts. Immer mehr näherte er sich der Viehweide. Wenn die beiden Frauen noch im selben

Bereich arbeiteten, müsste er sie jetzt bald zu sehen bekommen.

Ha! Da waren sie wieder! Die Holländerin in ihrer grellen Jacke und die andere. Brünett, Pferdeschwanz. Sollte er gleich beide …?

Nein, entschied er. Nur die mit dem auffälligen Namen. Bei »van de Loo« würde die Bevölkerung längst nicht so mitfühlen wie bei jemandem aus dem Tal, der Gaiser, Finkbeiner oder Klumpp hieß. Obwohl … auf seiner Liste standen auch die Einheimischen, die im Nationalpark arbeiten wollten. Keine Gnade!

Knappe 180 Meter arbeitete sich der BLUTSPECHT im Halbdunkel des Waldes noch vor. Dann war er direkt unterhalb der beiden Wissenschaftlerinnen. Für ihn aber noch wichtiger: Er war hinter ihnen. Sie drehten ihm den Rücken zu. Ihre Augen sah er nicht.

Reinhard Richter ging neben einer Fichte in die Hocke, hielt die Büchse jetzt fest in der Hand, kniete mit einem Bein auf dem Boden, stützte den Ellenbogen auf dem anderen Knie ab und drückte sich mit der Schulter an den Stamm. Feste Punkte sind das A und O für einen sicheren Schuss. Erst kürzlich hatte der Bericht in einer Jägerzeitung seine Erfahrung wieder einmal bestätigt. Ein schneller Blick durchs Zielfernrohr – ja, passt!

Dann ließ er das Gewehr wieder etwas sinken. Die Holländerin bückte sich. Jetzt ließ sie sich sogar auf die Knie fallen. Sicherlich, um eine besonders schöne Heuschrecke zu betrachten.

Richter schüttelte sich. Nein, was man an diesen komischen Tieren mit ihren langen Hinterbeinen auch finden mochte?

Wer brauchte schon Heuschrecken? Höchstens die Vögel als Nahrung. Sonst niemand! In Afrika fressen diese Viecher ganze Landstriche leer, und hier werden sie für teures Geld gezählt. Öffentliches Geld, so eine Verschwendung! Schluss damit!

In diesem Moment stand Rosanna van de Loo wieder auf. Jetzt! Alles ging ganz schnell. Richter nahm das Gewehr hoch, schob den Spannschieber vor und peilte durch die Optik. Der Leuchtpunkt stand auf dem Oberkörper der Frau. Herz, Lunge – das wäre ein schneller Tod. Nein, lieber durch den Bauch. Oder auf die Wirbelsäule?

Der rote Punkt glitt am Körper hinab. Oberschenkel? Nein, tiefer. Doch ins ... Das Zielobjekt stand völlig ruhig, er hatte eine feste Schussposition ... bumm!

Eine Riesenfaust traf die Biologin von hinten. Das Geschoss durchschlug ihr Gelenk und sprengte die Kniescheibe nach vorne ab. »Aaaah!« Auch in fast 100 Metern Entfernung hört er den Schrei, als es die Frau von den Beinen riss. Rücklings fiel sie zu Boden. Volltreffer! Richter setzte das Gewehr ab.

Doch was er dann sah, konnte er nicht begreifen. Die Praktikantin zögerte nur minimal. Sofort warf auch sie sich platt ins Gras. Sollte er doch schießen? Auf den liegenden Körper ...?

Was war denn das? Er hob die Waffe wieder und linste durch das Fernrohr.

Unglaublich, durchfuhr es ihn. Die hat ja eine … Überdeutlich konnte er die Pistole sehen. Was …? Wer …? Wieso …? Es gab nur eine Erklärung: Polizei! Die andere war eine Polizistin!

Innerhalb von Sekundenbruchteilen musste er sich entscheiden. Noch ein Schuss oder Flucht? Er zielte. Sah nichts mehr. Da neben dem giftgrünen Fleck hatte sie doch eben noch gelegen. Adrenalin überflutete ihn. Nichts wie weg!

Wie ein gehetzter Hirsch sprang er auf und stob davon. Nicht zurückschauen, nur vorwärts rennen und nicht stolpern! Nicht noch einmal.

Ob diese Polizistin ein Funkgerät dabei hatte? Garantiert. Ihm wurde ganz schwindlig. Das war Personenschutz! Die hatten ihn erwartet. Dieses Mal wurde es noch enger. Jetzt bloß nicht die Nerven verlieren. Sein Vorteil lag in der Entfernung, in seiner Tarnung und im Halbdunkel des Waldes.

Kurz vor dem Weg stoppte er, fuhr aus Hose und Jacke, zerlegte das Gewehr in Windeseile, stopfte alles in den Rucksack und ging weiter. Langsam, zwang er sich, vorsichtig, nicht schneller als ein normaler Wanderer.

Bis zum Auto bräuchte er noch einige Minuten. Und dann? Wohin?

Hatte diese Polizistin bereits Großalarm ausgelöst? Bestimmt! Straßensperren!, durchzuckte es ihn. Es wurde eng in seinem Hals. Saß er in der Falle?

Aus 100 Mann oder mehr bestand diese »Soko BLUTSPECHT«, zumindest hatte das so in der Zeitung gestanden. Sicherlich waren einige von denen auch schon hier oben an der Hochstraße.

Einige Meter vor der B 500 blieb er stehen, schaute sich um, überlegte. Er könnte sich natürlich auch ganz frech ins Schliffkopfhotel setzen. Kännchen Kaffee, Schwarzwälder Kirschtorte, ein Wanderer, ein ganz normaler Gast. Welch ein verlockender Gedanke!

Durch die Panoramascheiben zusehen, wie das Großaufgebot hier einlief. Rettung, Bergwacht, Polizei. Sicherlich würde ein Hubschrauber landen. Was für ein Schauspiel!

Reinhard Richter brauchte nicht lange nachzudenken. Nein, in kürzester Zeit würde hier alles von Polizei wimmeln. Was, wenn sie alle Personen überprüften? Auch ihn und den Inhalt seines Rucksacks? Außerdem war er doch Richtung Dolomiten gefahren, zumindest, falls jemand die Nachbarn fragen sollte. Nein, um eine Polizeiaktion durchzustehen, hatte er nicht die Nerven.

Es gab keine Wahl. Das Auto musste zurückbleiben. Wenn es eine Chance gab, durch das Netz zu schlüpfen, dann zu Fuß. So wie bei der Autobombe am Ruhestein. Ein Wanderer, einer unter vielen. Aber einer, der auf schnellstem Weg das Weite suchte.

Hunde! Das schoss ihm durch den Kopf. Die Polizistin könnte angeben, von wo der Schuss gekommen war, dann würden Suchhunde eingesetzt. Mantrailer. Auf seiner Fährte. Wenn die Richtung bekannt wäre, würden sie versuchen, ihn abzufangen. Seine Chance lag in der Geschwindigkeit. Er musste schneller sein.

Als er die Bundesstraße überquerte, hörte er bereits vom Ruhestein her ein Martinshorn. Nichts wie weg, runter ins Badische. Er konnte es schaffen.

Eilig ging er weiter. Ein rascher Blick zum Parkplatz. Dort hinten stand sein kleiner schwarzer Wagen. Gut, dass er ihn zwischen den vielen anderen abgestellt hatte. Er strebte zum Tausend-Meter-Weg, der seinen Namen nach der 1000 m-Höhenlinie trug, auf der er verlief. Richter verringerte sein Tempo, wenn andere Wanderer in Sicht kamen, und fiel in Laufschritt, wenn er niemanden entdecken konnte. Vorbei an einem Aussichtspodest mit Rheintalblick, dann die nächste Abzweigung talwärts.

So schnell er konnte, lief er bergab. *Allerheiligen* stand auf der Wegmarkierung. Dort musste er hin und wenn er Glück hatte … Ja, vielleicht … Er zwang sich erneut, einen Moment stehen zu bleiben, nahm sein Smartphone aus der Hosentasche und tippte eilig darauf herum. Ja! Wenn er Glück hatte, konnte er dort in den Bus steigen. 15:03 Uhr Richtung Oppenau. Die nächstgelegene Bahnstation. Seine Rettung!

7

Ob Rosanna van de Loo gerettet werden konnte, stand lange Zeit auf des Messers Schneide. Das zerfetzte Knie blutete stark, und Carina Stolz war nach dem Schuss erst mal verschwunden. Flach lag sie in einer kleinen sandigen Senke, in der es sich auch die Weiderinder gelegentlich einmal gemütlich machten. Ihre Nase war nur wenige Zentimeter von einem halbtrockenen Kuhfladen entfernt. Trotzdem blieb sie platt liegen. Keinesfalls ein Ziel bieten!

Rosanna konnte die Personenschützerin zwar nicht mehr sehen, aber sie hörte, wie die Kommissarin höchst erregt in ihr Funkgerät schrie. »Achtung, an alle! Hier Marder 21, Einsatzort 34, Schliffkopf, Viehweide östlich der B 500, schwerverletzte Person, Schussverletzung, Rettung und Großfahndung.«

»Wie schwer ist die Verletzung?«, kam aus dem Lautsprecher.

»Lebensgefahr«, brüllte Carina Stolz zurück. »Hubschrauber! Kann direkt auf der Fläche landen … Nein, stopp. Nicht. Rindviecher hier.«

»Verstärkung?«, war die nächste knappe Frage.

»Sofort!«, schrie die Polizistin zurück. »Heckenschütze kann noch da sein.«

»Alles unterwegs«, meldete die Zentrale zurück.

»Rosanna«, rief Carina anschließend. »Rosanna, hörst du mich?«

Ein Stöhnen war die Antwort.

»Ich versuch jetzt, rüber zu robben.«

»Bleib …«, kam die schwache Antwort. »Nicht dass du auch noch getroff…«

Die Kommissarin aber überlegte nicht lange. Sie handelte und setzte auf Überraschung. Jung, gelenkig, durchtrainiert. Mit einem Satz schnellte sie empor und war mit drei Schritten bei Rosanna van de Loo. Mit schmerzverzerrtem kalkweißem Gesicht lag die Biologin auf dem Rücken. Am zerschossenen Knie war das Hosenbein zerfetzt und blutgetränkt.

»Ich muss dich da rüber ziehen!« Suchend schaute sie sich einen kurzen Moment um. Von unten, ja, aus dem Wald musste der Schuss gekommen sein. Jetzt konnte sie dort niemanden entdecken.

Schnell ging sie hinter Rosanna in die Hocke, wuchtete deren Oberkörper empor, schlang ihre Arme um sie und zog sie nach hinten. »Crash-Rettung«, ja, so lautete das Schlagwort. Jemanden so schnell als möglich aus dem Gefahrenbereich bringen.

Sie zerrte rückwärts, stolperte, fiel aber nicht, Rosanna schrie vor Schmerzen, Sekunden später war die schützende Mulde erreicht!

»Mein Bein, mein Bein, mein Knie …«, wimmerte die Biologin.

»Rettung ist unterwegs. Ich schau es mir jetzt an.«

»Auuu«, jammerte Rosanna, doch die Polizistin hatte keine Wahl. Vorsichtig schnitt sie mit der Schere ihres Schweizer Taschenmessers die zerfetzte Outdoorhose ein wenig weiter auf. Was sie sah, war schockierend. Ein Brei aus Blut und Knochensplittern, dazwischen irgendwelche helle Gewebefetzen. Offensichtlich waren große Blutadern verletzt, denn der rote Saft strömte massiv aus der Wunde.

Rosannas Gesicht war zwischenzeitlich aschfahl geworden. »Mir wird ganz …«, hauchte sie noch, dann sah Carina das Weiße in ihren Augen.

Schock! Verbluten! Ich muss abbinden, schoss ihr durch den Kopf, und mit einem Ruck riss sie ihren Hosengürtel aus den Schlaufen, schob ihn unter Rosannas Oberschenkel durch und zog ihn fest. Ein Gewebegürtel mit Klemmschnalle. Ganz fest. So fest sie konnte. Ein schneller Blick zur Wunde. Weniger zwar, aber immer noch kam Blut. Stärker zuziehen! Von Neuem zog sie, riss sie am Gürtel. Der Druck reichte nicht, um die Gefäße im Muskel vollständig zu komprimieren.

Die Biologin sagte nichts mehr. Carina patschte ihr auf die Wange. »Hallo, Augen auf, hier geblieben!« Keine Reaktion.

Ein Stock! Sie brauchte einen Stock. Damit hätte sie mehr Kraft. Unter dem Gürtel durchschieben, dann zudrehen. Das hatte sie vor Jahren in einem Film gesehen. Suchend schaute sie sich um. Nichts zu sehen hier im Gras. Bis zum Wald? Nein, ausgeschlossen. In der Zwischenzeit ist sie verblutet. Da, rot! Ja, das Schweizer Taschenmesser neben ihr im Gras. Stabil, aber auch lang genug? Die Klinge musste sie auf jeden Fall einklappen. Vielleicht …

Carina öffnete die Klemme ein wenig, schob das Messer unter den Gurt und drehte. Mit größter Anstrengung knebelte sie den Gürtel zusammen. Sie schaffte eine halbe Umdrehung. Ein schneller Blick zur Wunde. Ließ die Blutung jetzt nach? Es schien so. Die Polizistin gab ihre ganze Kraft, um die Spannung zu erhalten.

Rosanna reagierte immer noch nicht. Was konnte sie tun? Beine hoch bei Schock! Das fiel ihr jetzt ein. Schaffte sie es, das Messer mit einer Hand festzuhalten und mit der anderen …? Nein, sie musste kurz loslassen, stieg über das verletzte rechte Bein, hob das linke empor, kniete sich hin und stützte das hochstehende Bein mit ihrer Schulter. Dann packte sie wieder mit zwei Händen das Messer und drehte den Gürtel erneut zusammen.

Ihr Zeitgefühl war völlig dahin. Keine Ahnung, wie lange sie so im Gras kniete. Abwechselnd schaute sie auf die Wunde und auf Rosannas Brust. Ganz leicht hob und senkte sich das T-Shirt. Bitte weiteratmen, bitte.

Dann hörte sie das Rufen. »Hier! Hier unten!«, schrie sie aus Leibeskräften zurück. Zwei Gestalten rannten über die Weide herunter. Sie sah Blau. Blaue Uniformen. Carina Stolz wurde schwindlig.

Der Streifenwagen hatte nur wenige Minuten gebraucht, um vom Ruhestein zum Einsatzort zu kommen. Jetzt zahlte es sich aus, dass der Personenschutz hoch professionell organisiert worden war. Das Lagezentrum wusste jederzeit genau, wo sich die dafür abgestellten

Beamten aufhielten. Über Funk wurde das nächststehende Fahrzeug dirigiert.

Die zwei jungen Kollegen der Bereitschaftspolizei gaben alles. Viehweide östlich Schliffkopf, unterhalb Parkplatz. Raus aus dem Wagen. Wo? Nichts zu sehen.

Halt, dort unten, was ist das? Es war das hochstehende Bein!

»Nimm den Verbandskasten mit!«

Der Erste überwand mit Schwung den Zaun. Sein Partner gleich dahinter. Dann im Galopp über die Weide. Nicht einfach, alles voller Löcher von den Rindern. Links von ihnen die Herde. Mehrere standen auf. Die Polizisten wichen aus, machten einen Bogen, rannten weiter.

Jetzt sahen sie die zwei Frauen deutlicher. Eine lag am Boden, ein Bein auf der Schulter der anderen, die vor ihr kniete und …

»Achtung, sie kippt!« Gerade noch rechtzeitig traf der erste Polizist ein und fing die Kollegin auf. Halb ohnmächtig hing sie in seinen Armen.

»Hinlegen, wir übernehmen!« Dann ließ er sie zu Boden gleiten.

»Schieb deinen Schlagstock durch. Ja dort, unter dem Gürtel, weg mit dem Messer. Und jetzt zudrehen!«

Carina schlug die Augen wieder auf. »Ihr müsst …«

»Machen wir«, beruhigte sie der Kollege. »Der Hubschrauber ist im Anflug.«

»Der Schuss kam von dort unten.« Im Liegen zeigte die Kommissarin in die Richtung. »Aber der muss weg sein, sonst hätte er auch auf mich …« Sie schloss die Augen und öffnete sie erst wieder, als das Knattern in der Luft ertönte.

Zum Glück war die Weide groß genug. Die kleine Hinterwälder-Herde flüchtete panisch ans andere Ende der Fläche, als der Rettungshubschrauber landete. Schützend stellten sich die Kühe vor ihre Kälber und brüllten aufgeregt.

»Greifen die uns an?«, rief der Notarzt, während er aus dem Helikopter sprang. Doch die Retter hatten Glück. In die Nähe des rot-weißen Riesenvogels trauten sich die Rindviecher lieber nicht.

Das Glück war auch mit dem Schützen.

Tatsächlich erreichte er wenige Minuten vor dem einzigen Nachmittagsbus die Haltestelle in Allerheiligen. »Fährt nur im Sommerfahrplan«, stand auf der Tafel. Na also, es war zwar schon Ende September, aber immer noch Wandersaison. Vier weitere Rucksackbepackte standen bereits wartend da. Wieder eine Möglichkeit, unterzutauchen. Wie beiläufig suchte Reinhard Richter das Gespräch: »Gut 23 Kilometer von Unterstmatt, mir reicht's jetzt.«

Schnell ergab sich eine nette Unterhaltung unter Wanderern. Der Busfahrer würde sich nur an die Gruppe, nicht aber an eine einzelne Person erinnern.

Haltestelle Oppenau Bahnhof, Fahrkarte nach Offenburg, OSB, die Ortenau-S-Bahn. Richter atmete erst auf, als er in der Kreisstadt ankam.

Im Stehcafé einer Bäckereikette bestellte er sich einen Latte macchiato und gönnte sich dazu ein ansehnliches Stück Käsekuchen.

Er musste nachdenken. Während der Zugfahrt war er immer unruhiger geworden, denn ein Problem saß ihm als schwere Last im Nacken: Wie komme ich wieder an mein Auto?

Würde es über Nacht einsam, verlassen und auffällig auf dem Parkplatz stehen? Die Wagen daneben, gehörten die zu Hausgästen oder zu Tagestouristen? Er ärgerte sich, dass er nicht noch näher beim Hotel geparkt hatte.

Am einfachsten wäre es, morgen früh mit dem Bus auf die Hochstraße zu fahren, vielleicht bis zum Ruhestein, und anschließend auf dem Westweg zum Schliffkopf zu wandern. Rein in den Wagen und ab!

Und wenn es auch dann noch Straßenkontrollen gab? Falsche Papiere hatte er nicht. Er musste für diesen Fall vorsorgen. Grauer Bart und graue Haare? Ausgeschlossen. Ein Blick in den Ausweis, und jeder Polizist würde sofort Verdacht schöpfen. Also was?

Reinhard Richter ging wieder zurück zum Bahnhof. In der Toilette schaute er in den Spiegel. Den Bart könnte er schnell vom Gesicht reißen. Aber die gefärbten Haare? Drogeriemarkt? Vielleicht ein ziemlich dunkler Braunton? Würde der das seltsame Aschgrau abdecken? Okay, einen Versuch wäre es wert. Sollte das nicht funktionieren, bliebe immer noch ein Kahlschlag. Aber wo sollte er das Ganze durchführen? Ins Jagdhaus zurück? Zug bis Schiltach, das ginge. Die OSB fuhr im Stundentakt. Ein Bus nach Schramberg würde auch noch fahren. Dann unterwegs aussteigen und zu Fuß bis in die Abgeschiedenheit?

Er wählte die Alternative.

Noch im Bahnhof zog er sich den Bart ab. Zehn Jahre jünger, mindestens. Dann machte er sich auf die Suche nach dem nächstgelegenen Drogeriemarkt. Dort war am späten Nachmittag viel los und niemand wunderte sich über den Rucksackwanderer, der eine Packung Coloration mit dem Farbton »Intensives Kastanienbraun« erstand. Reinhard Richter hatte sich schon darauf eingestellt, einem erstaunten Blick an der Kasse mit völligem Gleichmut zu begegnen, aber nichts dergleichen geschah. Ein gutes Zeichen!

Auch der Portier in dem leicht heruntergekommenen Hotel nahe beim Bahnhof erwies sich als unproblematisch. Der deutliche Alkoholgeruch erklärte das teilnahmslose Verhalten, als er dem Touristen den Meldeblock hinschob.

»Brauchen sie den Perso?«, fragte Richter und begann, umständlich im Rucksack zu wühlen. »Der muss irgendwo ganz unten …«

»Ach was. Ich brauch nur Kohle. Bezahlen im Voraus. Sie verstehen?«

Richter schob ihm die Scheine über den Tresen und erhielt dafür einen Zimmerschlüssel. »Erster Stock, links den Gang entlang. Frühstück ab halb sieben dort drüben.« Die lasche Hand des Portiers zeigte in einen dunklen Flur.

»Alles klar«, bedankte sich sein Gast und ging zum Aufzug.

Reinhard Richter schnürte die Trekkingstiefel auf, warf Hut und Jacke in Richtung des einzigen Stuhls und ließ sich erst mal aufs Bett fallen. In seinem Kopf summte es.

Welchen Preis war er eigentlich bereit, für seine Aktionen zu bezahlen? Nur für den Fall, dass er geschnappt …?

Nein, weg mit diesem Gedanken! Sein Plan konnte zwar scheitern, aber darin war keinesfalls vorgesehen, dass er gefasst wurde. Oder halt – es war nicht vorgesehen, dass er sich fassen ließ. Das waren zwei völlig verschiedene Ansätze. Er ließ sich nicht fassen, denn er hielt das Heft des Handelns immer noch in der Hand. Er war ihnen voraus, den Häschern der »Soko BLUTSPECHT«. Warum hatte er eigentlich gezögert, auch noch auf die Polizistin zu schießen?

Warum hatte er gezaudert, trotz des durchrepetierten Gewehrs in der Hand?

Warum hatte er nicht einfach abgedrückt?

Ein paar Sekunden lang war sie ja noch zu sehen gewesen. Liegend im Gras. Das hätte ihm genau die Zeit verschafft, um ohne Hektik mit seinem Auto abzuhauen.

Warum also? Warum hatte er nicht geschossen?

War er zu überrascht gewesen wegen der Pistole?

Oder war es das Wort »Polizistenmord« gewesen, das ihn abgehalten hatte? Dafür gab es bekanntlich die

Höchststrafe. Saß die Angst davor doch tief in seinem Inneren?

Richter schnellte empor, stieß einen wilden unartikulierten Laut aus und schlug mit den Fäusten wie wild auf die Bettdecke ein. Nein, nein und nochmals nein! Er ließ sich nicht fangen. Dieser Fall trat ganz einfach nicht ein. Er bestimmte das. Er alleine. Niemand bestimmte über ihn!

Aber er musste den Wagen holen, und das konnte problematisch werden. Sollte er ihn länger stehen lassen? Nein, das wäre ja noch auffälliger. Morgen musste er wieder hoch auf den Schliffkopf. Hinein in die Gefahr. Umgeben von zig Polizisten.

Wie konnte er es erklären, dass sein Auto über Nacht dort stand?

Reinhard Richter wusste es nicht. Es war ihm allerdings ganz klar, dass er eine absolut wasserdichte Begründung präsentieren musste – für den Fall, dass ihn jemand fragte. Erschöpft schlief er ein.

Um zwei Uhr schreckte er hoch. Ein Klopfen! An seiner Zimmertür? Er lauschte. Zehn Sekunden, 20 Sekunden, dann hörte er Stimmen aus dem Nebenzimmer. Uff! Er ließ sich wieder fallen. Eine halbe Stunde versuchte er, wieder einzuschlafen. Vergeblich. Er stand auf, ging zur Toilette, sah sich im Spiegel. Ach die Haare, die musste er ja auch noch umfärben. Mitten in der Nacht? Egal, schlafen konnte er jetzt ohnehin nicht mehr.

Intensives Kastanienbraun auf Perl Ash. Richter gab sich große Mühe, war gespannt, was dabei herauskommen würde.

Überzeugend war das Ergebnis nicht. Irgendwie unnatürlich, fand er. Könnte das auffallen, falls er von der Polizei angehalten würde?

Um fünf dämmerte er wieder ein, schlief bis um halb acht und wachte zur eigenen Überraschung sogar einigermaßen erholt auf. Erneut prüfte er seine Haarpracht im Spiegel. Bei Tageslicht sah er die Bescherung noch deutlicher. Richtig scheckig. Eine Katastrophe! Das würde sogar dem besoffenen Portier unten an der Rezeption auffallen. Er hatte keine Wahl.

»Bitte nicht stören«, hängte er an die Türklinke. Den Roomservice konnte er jetzt gar nicht brauchen. Er wollte seinen Rucksack für die nächste Stunde hier im Zimmer lassen, und der barg immerhin einen gefährlichen Inhalt. Dann verließ er das Hotel ohne Frühstück und machte sich auf die Suche nach einem Friseursalon.

An zwei Geschäften ging er vorbei. Die machten einen zu professionellen Eindruck. Sicherlich hätte man ihn auf seinen missglückten Färbeversuch angesprochen und ihm eine intensive Beratung aufgedrängt.

Erst bei einer Friseurkette, die mit supergünstigen Preisen warb, trat er ein. »Drei Millimeter und das möglichst schnell«, knurrte er, schaute unfreundlich und erhielt, was er wollte. Auch die Friseurin war mürrisch, dazu stark übergewichtig, abstoßend grell geschminkt und sprach nur gebrochen Deutsch. Mit einem elektrischen Haarschneider erledigte sie die Aufgabe in weniger als zehn Minuten.

Reinhard Richter betrachtete sich im Spiegel. Okay, seine Entscheidung war richtig gewesen. Jetzt musste man ganz genau hinsehen, um das Farbexperiment überhaupt noch zu erkennen. Dennoch blieb er weiterhin brummig, zog seinen Hut tief ins Gesicht, drückte der unfreundlichen Friseurin beim Bezahlen zwei Euro Trinkgeld in die Hand und ging zurück zum Hotel.

Ohne Frühstück verließ er bald darauf das drittklassige Etablissement und suchte die nächstgelegene Autovermietung auf. »Irgendeinen Kleinwagen«, sagte er. »Nur für heute.«

»Selbstverständlich. Wir bräuchten nur noch Ihren Führerschein und Personalausweis.«

Das ärgerte ihn, aber er hatte keine Wahl. Seine Daten musste er angeben, bestand aber auf Barzahlung. »Kreditkarte? So was hab ich nicht«, log er und musste wohl oder übel noch eine saftige Kaution abdrücken.

Reinhard Richter bestieg den VW-Polo und steuerte das Kinzigtal an. Gengenbach, Haslach, Hausach. Dort holte er sich einen »Coffee to go« mit zwei Butterbrezeln aus einer Bäckerei und fuhr weiter. Wolfach, Schiltach. Nach dem ersten Tunnel geradeaus Richtung Schramberg. Erleichtert registrierte er das Ortsschild »Hinterlehengericht« und brauchte noch gute 20 Minuten, um das Jagdhaus – sein Jagdhaus – im schattigen Waldtal zu erreichen.

Obwohl er heute nicht allzu viel Zeit hatte, wollte er jetzt erst mal zur Ruhe kommen. Er öffnete die Fensterläden, lüftete und heizte den Küchenherd an. Als das Feuer richtig prasselte, packte er den Rucksack aus, hängte seine Tarnkleidung an die Haken und baute das Gewehr wieder zusammen. Nachdenklich strich er über den seidig glänzenden Nussbaumschaft. Ein perfektes Gerät. Beste Arbeit hatte es geleistet. Ideal für die Mission der ORGANISATION BLUTSPECHT. Aufs Neue hatte er Furcht und Schrecken verbreitet. Keiner war vor ihm sicher. Jetzt müsste sich ja endlich etwas bewegen!

Auf zum Brief Nummer 4.

Reinhard Richter ging in die Scheune und holte aus dem Campingbus die große graue Kunststoffbox. Sein mobiles Büro. Alles dabei. Sehr praktisch, um unterwegs via Internet die Finanzen zu checken oder auch mal einen Vertrag mit Holzkunden auszudrucken. Die Waldbauern hier hatten gerne gleich ein Papier in der Hand. Viele Geschäftspartner waren ihm seit dem Tod seines Vaters nicht mehr geblieben, aber mit den wenigen machte er alles an Ort und Stelle perfekt. Hand drauf, passt!

Jetzt baute er sein Notebook und den kompakten Tintenstrahldrucker auf dem zerfurchten alten Küchentisch auf. Bevor er die neue Packung Papier öffnete, zog er sich dünne Einmalhandschuhe über.

Nur Verräter arbeiten im Nationalpark!
Wer das tut, muss büßen.
Jeder kommt dran.

Niemand soll sich sicher fühlen.
Wer nicht hören will, muss fühlen.
Das nächste Opfer ist schon im Visier.
Wir machen weiter!
Stoppt endlich diesen Schwachsinn!
Kein Nationalpark in unserem Nordschwarzwald!

Darunter wieder in dicken Lettern:
ORGANISATION BLUTSPECHT

Daneben der prächtige Specht. Schwarzer Kopf, rote Federn. Blutrote Federn!

Drucken, falten, kuvertieren, Adressen aufkleben, frankieren, fertig.

Reinhard Richter lächelte. Sicherlich hatte die Polizei versucht, von der Rückseite der Briefmarken eine DNA-Spur zu sichern. Aber nicht mit ihm. Ablecken wäre ja wirklich dilettantisch gewesen. Natürlich verwendete er nur selbstklebende Marken!

Er schaute auf die Uhr. Der letzte Bus zur Hochstraße ging um 15:35 Uhr ab Oppenau. Jetzt war es 12:10 Uhr. Also hurtig!

Er trieb den Polo flott über die B 294 wieder das Kinzigtal abwärts. In Offenburg suchte er nach einem Briefkasten. Dort warf er die drei Kuverts ein und streifte sich erst danach die Handschuhe ab.

Wagen zurückgeben, Rucksack aufsetzen, Mütze, Sonnenbrille, zu Fuß zum Bahnhof. Es blieb ihm sogar noch Zeit für einen kurzen Imbiss. Sein Zeitplan war perfekt.

Dann löste er ein Tagesticket. 14:57 Uhr Abfahrt der Ortenau-S-Bahn Richtung Oppenau. Dort in den Bus über Allerheiligen und Ottenhöfen zum Ruhestein. Jetzt das Ganze wieder retour. Hoffentlich nicht derselbe Busfahrer … Nein, wieder mal hatte er Glück.

Gegen halb fünf erreichte er sein Ziel und stieg aus. Einen kurzen hasserfüllten Blick warf er zum Naturschutzzentrum hinüber. Der obligatorische Streifenwagen stand davor. Am besten, er würde diesen alten Schuppen niederbrennen und die ganze Brut darin gleich mit ausrotten! Alles weg, die finale Lösung!

Nachdenklich nahm er die kurze Westwegetappe unter die Sohlen seiner Lowa-Stiefel. Je näher er dem Schliffkopf kam, desto mulmiger wurde ihm. Außer vor dem NAZ hatte er nirgends Polizei bemerkt. Aber würden immer noch Beamte in Zivil in der Umgebung des gestrigen Tatorts unterwegs sein?

Reinhard Richter ahnte nicht, wie weit sie am Vortag seinen Spuren gefolgt waren.

Er ahnte nicht, dass ein Hundeführer mit seinem Mantrailer bis zur Bushaltestelle Allerheiligen gekommen war.

Er ahnte nicht, dass man den Fahrer des Südwestbusses noch in der Nacht zu Hause aufgesucht und intensiv befragt hatte.

Er ahnte nicht, dass man am Spätnachmittag das Geschoss auf der Viehweide gefunden und aus einem dicken Borstgraspolster ausgegraben hatte.

Er ahnte nicht, dass beim Landratsamt in Freudenstadt der Amtsleiter des Ordnungsamtes und die Sachbearbeiterin für Waffenrecht telefonisch angewiesen worden waren, keinen Feierabend zu machen, sondern sich bereitzuhalten.

Er ahnte nicht, dass die Kriminaltechnik innerhalb kürzester Zeit das Geschoss identifiziert hatte.

Er ahnte nicht, dass im Landratsamt um 20:30 Uhr eine Liste mit allen im Kreis registrierten Gewehren des Kalibers .223 und den dazugehörigen Eigentümern fertiggestellt worden war.

Er ahnte nicht, dass 25 Beamte der »Soko BLUTSPECHT« noch in der Nacht alle betroffenen Jäger und Waffenbesitzer in Baiersbronn und Umgebung aufgesucht und die passenden Gewehre beschlagnahmt hatten.

Glück für den BLUTSPECHT, dass er nicht der Versuchung erlegen war, eines seiner legalen Gewehre zu benutzen.

Glück für den BLUTSPECHT, dass er es riskiert hatte, den Wechsellauf illegal aus der Schweiz zu holen.

Und Glück für den BLUTSPECHT, dass der Busfahrer sich nur an eine Gruppe von Wanderern erinnern konnte, die in Allerheiligen ein- und am Bahnhof Oppenau wieder ausgestiegen waren.

»Ich glaube, zwei Frauen und drei Männer.«

»Wie die ausgesehen haben? Ha, wie Wanderer halt aussehen. Stiefel, Rucksack, Hut.«

»Ein einzelner Mann? Nein, die haben zusammengehört … glaube ich zumindest.«

»Sackgasse!«, sagte der Freudenstädter Kripochef Franz-Otto Kühn deprimiert, als ihm nachts um 22:00 Uhr diese Aussage vorgelegt wurde. »Vielleicht hilft eine Gegenüberstellung. Aber dazu müssten wir erst mal jemanden haben.«

Sie hatten ihn bereits. Zumindest auf einer Liste, die auf Oskar Lindt und Paul Wellmann zurückging. Auch die beiden Karlsruher Kommissare waren nach dem Attentat auf Rosanna van de Loo umgehend zum Schliffkopf gefahren. Im Riesenaufgebot von Rettungskräften, Bereitschaftspolizei und Suchhunden fühlten sich die beiden allerdings fehl am Platz. Statt dessen begannen sie, die weitere Umgebung des Tatorts zu durchstreifen. Immer weitere Kreise zogen sie um die Viehweide und ließen sich dabei ganz von ihrer Intuition leiten.

»Die Kleinigkeiten sind es«, meinte Lindt und stopfte sich beim Anblick der sinkenden Sonne auf einer Sitzbank unweit des Schliffkopfgipfels seine Pfeife. »Die Details. Irgendetwas, das uns auffällt.«

Paul Wellmann nickte: »Wie schon so oft. Ein winziges Puzzleteilchen. Eines, das nicht passt. Jeder macht Fehler. Jeder hinterlässt etwas. Eine einzige Ungereimtheit, die könnte uns schon reichen.«

Lindt legte den Kopf zurück und schloss die Augen. »Lass die Kollegen ruhig Fährten suchen und Geschosse analysieren. Wir sind hier, um nachzudenken. Stell dir doch mal vor, Paul, du wärest einer der BLUTSPECHTE. Vielleicht der, der hier auf diese holländische Biologin geschossen hat.«

Auch Paul Wellmann streckte die Beine aus und entspannte sich. »Dann muss ich hierher kommen und wieder von hier weg kommen.«

»Genau. Das würdest du vorher natürlich genau planen.«

»Zusammen mit meinen Kumpels. Schließlich sind wir ja ein ganzer Schwarm BLUTSPECHTE.«

»Wie groß wird denn dieser Schwarm wohl sein?«, sinnierte Oskar Lindt. »Eher groß oder eher klein?«

»Je mehr Mitwisser, um so gefährlicher ist es, dass was rauskommt.«

»Oder, dass einer aussteigen will.«

»Oder, dass einer sich verplappert.«

»Also eher eine kleinere Gruppe.«

Wellmann gab ihm recht: »Vielleicht sind es ja nur zwei oder drei. Enge Freunde, die wie Pech und Schwefel zusammenhalten.«

Sie schwiegen eine Weile. Lindt hielt die Augen weiterhin geschlossen, genoss den aromatischen Tabak und blies duftende Rauchwölkchen in den blauen Herbsthimmel. »Und wenn es nur einer ist?«, fragte er plötzlich.

»Wieso einer? Dann bräuchte derjenige sich ja nicht ORGANISATION BLUTSPECHT zu nennen.«

»Vordergründig mag das stimmen. Vielleicht will er uns aber bewusst aufs falsche Gleis locken?«

»Hmmm«, zögerte Wellmann. »Ausschließen kann man das natürlich nicht.«

»Ist mir nur grad so in den Kopf gekommen«, überlegte Oskar Lindt weiter. »Stell dir doch mal vor, dein Ziel ist es, diesen Nationalpark mit Gewalt zu verhindern. Menschenleben sind dir egal.«

»Bisher ist niemand zu Tode gekommen«, unterbrach ihn Wellmann.

Lindt hob die Hand. »Halt, halt. Nur durch Zufall gab es bisher noch keine Leichen. Zumindest bei den letzten drei Anschlägen hätte das Ergebnis auch ganz anders aussehen können.«

»Ja, stimmt. Den Tod hat er zumindest billigend in Kauf genommen.«

»Ha«, lachte Lindt, »und jetzt sprichst du auch schon von ihm und nicht mehr von einer ganzen Gruppe!«

»Irgendwie hast du mich überzeugt. Ein Einzeltäter ist zumindest möglich. Das sollten wir bei der nächsten Lagebesprechung diskutieren. Ich bin ziemlich sicher, dass uns der ›runde Rudi‹ zustimmen wird.«

»Was spricht noch für einen Einzeltäter?«, überlegte Oskar Lindt. »Zum Schießen braucht's nur einen, und um diesen Stein ins Rollen zu bringen, hat auch einer genügt.«

»Beim Letzten bin ich mir nicht so sicher«, gab sein Kollege zu bedenken. »Der Felsbrocken war ganz schön massiv. Wenn ihn nur ein Mann in Bewegung gesetzt hat, dann muss dieser Kerl richtig viel Kraft gehabt haben.«

»Also kein alter Knabe, so lasch und kraftlos wie wir zwei«, grinste Lindt.

»Was?«, protestierte Wellmann und spannte seinen Bizeps an. »Hier, fühl mal. Zumindest meine Muskeln sind noch nicht im Rückbau begriffen.«

Lindt griff blitzschnell nach dem rechten Oberarm von Paul und drückte kräftig zu.

»Auuu!«, schrie der. »Hör auf.«

»Ich sollte doch fühlen«, schaute Lindt ganz unschuldig. »Das Schleppen der vielen Bienenkästen mit dem schweren Honig drin ersetzt dir wohl glatt das Fitnessstudio.«

»Wer etwas tut, kann auch mit Mitte 50 noch ganz schön kräftig sein.«

»Mag ja sein, aber tendenziell ist unser Täter schon eher unter den jüngeren Menschen zu suchen, da bin ich sicher.«

»Und er muss auf irgendeine Art hier hoch zum Schliffkopf gekommen sein. Samt Gewehr«, überlegte Paul Wellmann. »Wie würdest du denn eine Knarre transportieren? So, dass sie nicht auffällt, meine ich.«

»Ein zerlegbares Modell? Übliche Gewehre messen mindestens einen Meter. Das würde auch in einem Futteral auffallen, und für einen Rucksack oder eine Sporttasche ist es eindeutig zu lang.«

»Oder der Schütze hatte doch einen Komplizen. Einen, der ihn fährt. Einen, der ihn irgendwo aussteigen lässt, wo er gleich in den Wald eintauchen kann. Einen, der wegfährt und ihn später genau dort wieder aufnimmt.«

»Und wieso hat der Hund dann die Fährte bis nach Allerheiligen runter gehalten?«, fragte Lindt. »Nein, ich bleib dabei. Die Kanone hat er flugs auseinandergebaut, irgendwo reingesteckt, wo sie niemand bemerkt – ich würd' einen Rucksack nehmen – und dann ist er abgehauen. Runter ins Tal. Da, wo wir keine Straßensperren hatten. Also ich glaub dem Suchhund.«

»Okay«, stimmte Wellmann zu. »So kann es gewesen sein. Aber wie ist er hergekommen? Mit einem Auto, mit dem Bus oder ebenfalls zu Fuß?«

Oskar Lindt fischte den Stopfer aus der Hosentasche und drückte den Tabak in seiner Pfeife leicht nach unten. »Egal, wie er herkam. Woher wusste er eigentlich, dass sich sein Opfer genau zu dieser Zeit genau dort auf dieser Viehweide aufhält? Eine Zufallstat können wir doch wohl ausschließen. Deshalb frage ich mich: Gibt es einen Informanten im NAZ?«

»Du meinst einen Maulwurf? Jemanden, der den BLUTSPECHT auf dem Laufenden hält?«

»Paul, sei ehrlich. Wir beide haben in unserer langen Dienstzeit schon die unglaublichsten Dinge erlebt. Vorkommnisse, die man eigentlich nicht für möglich gehalten hätte. So lange, bis wir sie aufgedeckt hatten. Dann hieß es plötzlich: Na klar, natürlich, selbstverständlich, warum sind Sie da nicht früher draufgekommen?«

»Damit meinst du jetzt die ›Eiserne‹, unsere besserwisserische, unbarmherzige, gnadenlose Staatsanwältin«, verzog Wellmann das Gesicht. »Kritisieren kann sie immer, aber konstruktiv mitarbeiten – Fehlanzeige.«

»Aber Lindt, dafür sind Sie doch da. Das erwarte ich einfach von Ihnen!«, äffte Oskar die hohe, scharfe Stimme von Lea Frey nach.

»Eigentlich bin ich froh, dass die Ermittlung unsere Domäne ist«, meinte Wellmann. »Stell dir vor, die würde jetzt hier neben uns auf der Bank sitzen und mitdiskutieren.«

Lindt schüttelte sich. »Dann wär ich schon längst bei der Verkehrspolizei. So aber …«, er paffte eine große Rauchwolke in den sonnigen Himmel, »… so aber liegt es an uns, keine Schranken im Kopf aufzubauen und auch das Unwahrscheinlichste für möglich zu halten.«

»Zum Beispiel den Maulwurf im NAZ«, ergänzte Paul. »Und wie kommen wir diesem Vieh auf die Schliche? Vielleicht durch eine Gewissensprüfung, so wie früher bei den Zivis?«

»Möglicherweise müssen wir jedem dort einzeln auf den Zahn fühlen. Aber auch diesen Gedanken heben wir uns für die Lagebesprechung heute Abend auf«, entschied Oskar und erhob sich. »So wie ich den Ober-Profiler Rudi einschätze, wird der sich unseren Ansatz ganz genau durch den Kopf gehen lassen. Komm, ich brauch noch ein wenig Bewegung. Außerdem meldet sich so langsam mein Magen. Du weißt ja, wie lang die Besprechung immer geht. Wenn wir da vorher nichts gegessen haben …«

Gemächlich gingen die beiden Karlsruher Kommissare zurück zu ihrem Wagen, den sie unweit des Schliffkopfhotels abgestellt hatten. Lindt öffnete die Fahrertür, um einzusteigen, doch er zögerte, schaute in die Runde und rieb sich mit einem nachdenklichen Gesichtsausdruck über die Stirn.

»Trotzdem, Paul«, sagte er. »Trotzdem kann es auch anders gewesen sein. Sieh doch mal diese ganzen Autos, die hier parken. Vielleicht ist der BLUTSPECHT ja auch nur deswegen zu Fuß geflüchtet, weil irgendetwas eingetreten ist, das ihn aus dem Konzept gebracht hat.«

»Zum Beispiel, falls er bemerkt hat, dass Carina keine Wissenschaftlerin, sondern eine Personenschützerin ist?«

»Denkbar«, antwortete Lindt. »Er muss fürchten, dass sofort Alarm ausgelöst wird. Er muss fürchten, dass es eine Ringfahndung und Straßensperren gibt.«

»Ja, das kann sein. Mit einem Gewehr im Auto in eine Kontrolle zu geraten, will er auf jeden Fall vermeiden.«

»Also muss er schnellstens hier weg, und zwar so, dass er nicht gefasst wird.«

»Kopflos, so wie im Wald, wo er sich verletzt hatte? Oskar, dann wäre er aber kein Profi.«

»Profi? Das habe ich auch nie behauptet. Der gehört eindeutig zu den Überzeugungstätern. Der will ein Ziel erreichen. So wie er in jedem Brief schreibt: kein Nationalpark.«

»Das eine muss das andere aber nicht ausschließen. Auch jemand, der von seiner Mission überzeugt ist, kann höchst professionell vorgehen. Denk mal ein paar Jahrzehnte zurück, als die Rote Armee Fraktion den Staat mit Gewalt umstürzen wollte.«

»Okay, es gibt ein sowohl als auch. Die RAF-Terroristen waren überzeugt und professionell. Aber gut, dass du diesen Vergleich bringst. Ich finde, der passt genau. Inhaltlich sehe ich da ganz deutliche Parallelen. Auch der Name ORGANISATION BLUTSPECHT geht voll in diese Richtung.«

»Oskar, jetzt bleib mal auf dem Boden. Der Staat ist doch hier nicht gefährdet.«

»Aber er wird erpresst«, blieb Lindt hartnäckig. »Ein ähnliches Strickmuster.«

Paul Wellmann schüttelte den Kopf. »Bitte übertreib nicht. Der BLUTSPECHT ist ein Verbohrter.«

»Meine Rede«, unterbrach ihn Lindt, »ein Verbohrter, ein Überzeugter, ein Unbeugsamer, aber kein Vollprofi, und genau deswegen können wir nicht ausschließen, dass er seinen Wagen bei der Flucht hier zurückgelassen hat. Punkt!«

Paul verdrehte die Augen. »Sollen dann vielleicht alle parkenden Autos im Umkreis von fünf Kilometern überprüft werden? Da sind doch unzählige Hotelgäste dabei. Und anschließend willst du alle Fahrer zum DNA-Test holen? Übereinstimmung mit dem Blut aus dem Wald?«

»Das wird uns die ›Eiserne‹ leider nie genehmigen«, brummte Oskar, »aber für die Registrierung der Autos brauchen wir sie nicht. Ich ruf jetzt den Kühn an. Der soll das veranlassen.«

8

Franz-Otto Kühn war skeptisch. Eine Weile überlegte er, dann stimmte er doch zu. »Viel verspreche ich mir davon zwar nicht, aber wenn du meinst«, sagte er am Telefon zu Oskar Lindt. »Wir haben noch genügend Kollegen vor Ort. Nachdem uns der Suchhund bis nach Allerheiligen geführt hat und wir annehmen müssen, dass der Schütze von dort mit dem Bus weitergeflüchtet ist, können wir die Straßensperren ja wieder aufheben.«

Die Teams der Bereitschaftspolizei wurden daraufhin von den Kontrollstellen abgezogen und beauftragt, die Kennzeichen aller parkenden Wagen zwischen Parkplatz *Vogelskopf* und Parkplatz *Lotharpfad* zu erfassen. Eine umfangreiche Liste mit 124 Autonummern entstand.

»Die Halter werden wir morgen früh ermitteln«, sagte Kühn bei der Lagekonferenz am späten Abend. »Ich denke, das reicht noch.«

Die zwei Karlsruher Ermittler unterbreiteten zuerst die Annahme, es könnte sich auch um einen Einzeltäter handeln, und ernteten Zustimmung.

»Zumindest nicht auszuschließen«, nickte der runde Rudi.

Daraufhin rückten Lindt und Wellmann mit der anderen Hypothese heraus.

»Jagd auf den Maulwurf?«, tönte Rauch. »Oskar, ich denke, du willst den BLUTSPECHT jagen?«

»Beide leben in Höhlen oder so was Ähnlichem«, konterte Lindt. »Die einen im Baum, die anderen im Boden.«

»Also, gut, du Höhlenforscher, dann tu halt, was du nicht lassen kannst. Ganz von der Hand weisen lässt sich dein Gedanke ja nicht.«

»Wir werden denen im NAZ mal gründlich auf den Zahn fühlen«, nickte Lindt. »Auch wenn man unsere Fragen dort sicherlich nicht gerne hören wird.«

Nach zu wenig Schlaf machten sich die zwei Karlsruher Ermittler am Tag nach dem Attentat zum Ruhestein auf. Wie erwartet hielt der Leiter des Naturschutzzentrums den Gedanken an einen Verräter in den eigenen Reihen für vollkommen absurd.

Erregt verteidigte er seine Mitarbeiter: »Undenkbar! Wie können Sie nur auf eine solche Idee kommen? Völlig abwegig! Wir alle hier stehen voll hinter unserer Arbeit. Wir leben für die Natur und fiebern schon dem Tag entgegen, an dem dort draußen das Schild ›Nationalpark Schwarzwald‹ aufgestellt wird. Die Befragung können Sie sich echt sparen. Absolut ausgeschlossen, dass einer von uns diesen Irren mit Informationen versorgt.«

Oskar Lindt lächelte: »Es ehrt Sie sehr, dass Sie sich so vor Ihre Mitarbeiter stellen.« Er sah zu Paul Wellmann hinüber: »Nicht wahr, Paul, solche Chefs wünschen wir uns schon lange. Aber trotzdem lässt sich bisher nicht erklären, woher der Attentäter wusste, dass Frau van de Loo genau dort auf dieser Viehweide arbeiten würde. Das stand ja sicherlich nicht in der Zeitung.«

Sein Gegenüber dachte nach. »Nein, dort nicht, aber im Internet, auf unserer Homepage gibt es kurze Abschnitte zu den aktuellen Projekten. Rosanna hat ihr Forschungsprojekt ›Schrecken auf Extensivweiden des Grindenschwarzwaldes‹ in einigen Sätzen vorgestellt.«

Lindt stutzte: »Was? Sie forscht über den Schrecken des Schwarzwaldes?«

»Nein, nein, über *die* Schrecken, Heuschrecken zum Beispiel.«

»Ach so, die Schrecken, okay, das hab ich verstanden.«

»Sie hat auch Bilder eingestellt. Hauptsächlich von seltenen Arten, wie von der Alpinen Gebirgsschrecke oder vom Warzenbeisser.«

Lindt grinste amüsiert: »Wie heißt das Tier? Warzenbeisser? Unglaublich, was es alles gibt.«

»Tolle Namen, nicht wahr? Auch die Bilder machen was her. Wir haben da ein paar exzellente Naturfotografen an der Hand.«

»Gibt es auch Ortsangaben auf der Homepage?«

»Natürlich nicht, aber jeder, der sich auskennt, weiß, wo unsere Freiflächen zu finden sind. Immer ganz oben, auf den Höhen links und rechts der Schwarzwaldhochstraße.«

»Sind die alle von dort aus einsehbar?«

»Nein, nicht alle, aber die meisten.«

Lindt lehnte sich zurück, schwieg nachdenklich für ein paar Augenblicke und massierte sich die Schläfen. »Was uns interessiert, ist die Frage: Wie sucht der BLUTSPECHT seine Opfer aus? Wo findet er sie?«

»Wieso *der* BLUTSPECHT? Ich denke, es handelt sich um eine ganze Gruppe?«

»Beides ist möglich. Zumindest bei den beiden letzten Anschlägen gehen wir aber eher von einem Einzeltäter aus. Was denken Sie, wie geht er vor?

»Bei den Sprengstoffanschlägen musste er nicht lange überlegen«, ergänzte Paul Wellmann. »Die fanden hier im Naturschutzzentrum statt. Da, wo er nur die Richtigen treffen konnte, nämlich die, die später im Nationalpark arbeiten werden. Aber schon bei dem Felsbrocken, der den unbeteiligten Jäger in die Murg geworfen hat, wissen wir nicht, auf welche Art der BLUTSPECHT herausfand, wo genau er sich auf die Lauer legen musste.«

Der Leiter des NAZ lachte: »Auch wenn das keine Zeitung bis jetzt geschrieben hat. Für uns ist völlig klar, dass der Stein nicht diesem Hans-Jörg Günther, sondern dem Förster Schwarz, dem Friedbert, gegolten hat. Und dass der dort mehrfach täglich vorbeikommt, kann sich jeder ausrechnen, der sich im Wald ein klein wenig auskennt. Diese Waldstraße ist ja nicht ohne Grund asphaltiert. Sie ist die Hauptachse für allen forstwirtschaftlichen Verkehr im Tal der Roten Murg. Haben Sie noch nie daran gedacht, dass es den Falschen erwischt hat?«

Lindt lächelte süffisant: »Wir sind ja auch nicht den ersten Tag in unserem Beruf, aber was wir den Medien sagen, wird ziemlich fein abgewogen.«

»Jetzt bin ich aber beruhigt«, kam die Antwort. »Wir hatten uns schon überlegt, ob wir der Polizei mal auf die Sprünge helfen müssen.«

»Keine Sorge, ganz so blauäugig sind wir dann doch nicht«, sagte Lindt und zog Pfeife und Tabaksdose aus der Jackentasche. Das stieß allerdings nicht gerade auf Gegenliebe.

»Eigentlich sind wir hier komplett rauchfrei.«

»Eigentlich?«

»Eigentlich immer.«

»Na dann eben nicht. Mir hilft es halt ganz gut beim Nachdenken«, antwortete der Kommissar und steckte sein meistgebrauchtes Arbeitsmittel wieder ein. »Aber jetzt zurück zu Rosanna van de Loo. Könnte es also sein, dass der Scharfschütze sie genau deshalb ausgesucht hat, weil er annehmen konnte, sie mit recht wenig Aufwand zu finden?«

»Bei wissenschaftlichen Arbeiten im Wald hätte er viel länger suchen müssen. Unsere Ornithologen forschen unter anderem am Auerhahn, am Rauhfußkauz und am Dreizehenspecht. Einen von denen zu finden, halte ich für fast ausgeschlossen. Die arbeiten so weit im Innern der Wälder, dass man sie von nirgendwoher entdecken kann.«

»Schon gar nicht von der öffentlichen Straße oder von einem Parkplatz aus. Wer da die Landschaft betrachtet, fällt nicht so schnell auf«, resümierte Lindt und fügte hinzu: »Das würde also gegen unsere These sprechen, dass sich hier in der Villa Klumpp ein Maulwurf tummelt.«

»Trotzdem«, fuhr Paul Wellmann fort, »müssen wir uns mit Ihnen noch eingehender über Ihre Mitarbeiter unterhalten. Sie haben ja nicht nur Fachpersonal wie Wissenschaftler und Naturschützer im Haus, sondern sicherlich auch Leute, die halt da sind, weil sie einen Job brauchen und die genauso gut woanders arbeiten könnten.«

Diese Überlegung gefiel dem Leiter des NAZ gar nicht. Sein Gesicht verdüsterte sich. »Meinen Sie etwa die Damen in der Verwaltung oder den Gottfried, unseren Hausmeister?«

»Zum Beispiel«, nickte Lindt. »Sind Sie sicher, dass diese Leute hier sind, weil ihr Herz an der Natur hängt, oder deshalb, weil sie einen sicheren Job gesucht haben und es gerade nichts Besseres gab?«

»Ach was!«, kam die entrüstete Antwort. »Wir sind ein Super-Team und ziehen alle an einem Strang. Ich betone *alle*!«

Lindt ließ nicht locker. »Zumindest einen Blick in die Personalakten müssen Sie uns gestatten. Wenn wir die gesichtet haben, entscheiden wir über das weitere Vorgehen.«

»Tun Sie, was Sie nicht lassen können. Ich hab ja doch keine Möglichkeit, mich dagegen zu wehren. Sie können in diesem Raum bleiben. Die Akten werden Ihnen gebracht.«

Die nächsten drei Stunden verbrachten Lindt und Wellmann mit akribischer Kleinarbeit. Interessiert blätterten sie in den P-Akten und kämpften sich durch Bewerbungsschreiben und Lebensläufe.

Nach zwei Gesichtspunkten wurde selektiert:

Erstens: Gab es schon vor der NAZ-Tätigkeit Berührungspunkte mit Natur & Co?

Zweitens: Wird in der Bewerbung darauf Bezug genommen?

»Paul, wir sollten noch einen weiteren Aspekt beachten«, sagte Oskar Lindt auf einmal.

»Und der wäre?«

»Personen, die im Murgtal wohnen.«

Wellmann war verblüfft. »Wieso denn das?«

»Liegt doch auf der Hand«, antwortete sein Kollege. »Dort ist der Gegenwind an stärksten. Wer in Obertal, Mitteltal oder Baiersbronn wohnt und im NAZ arbeitet, der sieht sich garantiert zu Hause ziemlichen Anfeindungen ausgesetzt.«

Wellmann tippte auf die Akte, die er im Moment durchsah. »Die junge Sekretärin hier kommt aus Kappelrodeck. Also wäre sie nach deiner Auffassung unverdächtig?«

»Eher«, antwortete Lindt. »*Eher* unverdächtig. Auf der badischen Seite des Schwarzwaldes ist der Widerstand gegen den Park doch deutlich geringer.«

»Und wenn sie nun einen Freund in Obertal hat?«

»Mann, Paul, du bist aber mehr als spitzfindig! Steht das denn dort drin?«

»Nein, natürlich nicht. Aber was wäre, wenn …«

»Wenn genau dieser Freund der BLUTSPECHT ist?«, ergänzte Lindt. »Ich glaube, wir kommen um Einzelgespräche doch nicht herum.«

»Oder wir machen uns lächerlich.«

»Das müssen wir eben in Kauf nehmen«, entschied Oskar Lindt und erhob sich. »Auf zum NAZ-Chef. Ich glaube zwar kaum, dass der sich über unsere Entscheidung freuen wird, aber es muss halt sein.«

Nach einer kurzen Mittagspause und einer schnellen Bratwurst in der nahegelegenen Ruhesteinschänke nahmen Lindt und Wellmann alle in die Mangel. Einen nach dem anderen. Alle mussten sich bereithalten, mit Ausnahme von Naturschützern, Wissenschaftlern oder artverwandten Berufen.

Es erwies sich als großer Vorteil, dass die beiden Kommissare schon seit Jahren aufeinander eingespielt waren. Völlig automatisch warfen sie sich bei den Befragungen die Bälle zu, und nach jeder Person diskutierten sie intensiv darüber, welchen Eindruck sie gewonnen hatten.

Kurz vor fünf Uhr am Nachmittag gaben sie auf.

»Oskar, das war eine harte Tour.«

Lindt stimmte zu: »Ich hab mich in meiner Rolle gar nicht wohlgefühlt. Lauter sympathische Leute, und wir kommen daher und stellen denen solche unangenehmen Fragen.«

»Teilweise waren sie ja verständnisvoll.«

»Zumindest nach außen hin. Aber wie würdest du auf solche Unterstellungen reagieren?«

»Wahrscheinlich genauso empört«, sagte Paul. »Aber wenn du mein Ergebnis hören willst: Ich konnte bei niemandem auch nur den kleinsten verdächtigen Punkt erkennen.«

»Stimme dir voll zu.«

»Also, was geben wir bekannt?«

Lindt formulierte kurz und prägnant: »Die Jagd auf den Maulwurf ist beendet. Es lebe die Jagd auf den BLUTSPECHT!«

Sie hätten es ganz einfach haben können, ihr gefiedertes Wild zu erlegen. Ein paar Schritte in Richtung Bushaltestelle hätten genügt. Wenige Minuten vorher war der BLUTSPECHT dort ausgestiegen. Direkt vor ihrer Nase. Direkt vor dem NAZ. Leider wussten sie nicht, wie er aussah.

Gegen halb sechs Uhr erreichte der Wanderer den flachen Bergrücken des Schliffkopfgipfels. Die Orientierungsplatte auf dem Sandsteinquader hatte ihn schon immer angezogen. Wie ein Tisch stand sie auf dem höchsten Punkt, auf 1054 Meter Meereshöhe, eine große waagerechte Metallplatte mit Richtungs- und Entfernungsangaben zu den markanten Punkten, die im weiten Rund zu sehen waren.

An diesem frühen Abend konnte Reinhard Richter sich an einer herrlich klaren Fernsicht erfreuen. Sie reichte zwar nicht ganz bis zu den Alpen, aber doch in den Südschwarzwald und hinüber nach Frankreich zu den Vogesen. Dazwischen das glitzernde Band des Rheins und direkt dahinter klar und deutlich der dunkle massige Bau des Straßburger Münsters.

Hier oben fühlte er sich frei. Dem Himmel nah, dem Alltag fern.

Meistens zumindest.

Im Moment konnte er dieses Gefühl überhaupt nicht genießen. Es war ihm richtig flau in der Magengrube. Er hatte nur noch ein paar Minuten zu gehen bis zum Parkplatz dort unten.

Was wartete da auf ihn?

Hatte sein kleiner schwarzer Geländewagen Verdacht erregt?

Hatten sie gemerkt, dass er über Nacht geparkt war?

Hatten sie bereits eine Halterfeststellung gemacht?

Die schlimmsten Befürchtungen keimten in ihm auf.

Er sah die schweren Wagen aus verschiedenen Richtungen heranbrausen.

Er sah die schwarz vermummten Gestalten herausspringen.

Er sah die Läufe ihrer Maschinenpistolen auf sich gerichtet.

Er hörte das vielstimmige Schreien.

Er fühlte die derben Kerle.

Er spürte, wie sie sich auf ihn stürzten und ihn zu Boden rissen.

Reinhard Richter schüttelte sich, öffnete seine Augen und stieß zornig seinen Fuß in den sandigen Boden.

Nein, so einfach kriegt ihr mich nicht! Ihr kriegt mich überhaupt nicht!

Dennoch marschierte er nicht einfach los.

Wie sollte er es machen?

Wie sollte er sich gegen einen möglichen Hinterhalt schützen?

Eine Weile schaute er versonnen in die Ferne. In seinem Kopf arbeitete es dabei auf Hochtouren.

Auf einmal kam ihm ein Gedanke. Vielleicht wäre es besser, wenn er nicht direkt zum Auto, sondern … Ja, so könnte es gehen, vorausgesetzt, dass … Erst griff er zum Smartphone und führte ein kurzes Gespräch.

»Nein, nur für eine Nacht.«

»Natürlich, sehr gerne mit Balkon.«

Ein Lächeln zog über sein Gesicht. Ja, es war noch was frei.

Entschlossen trat er das letzte Stück seiner Wanderung an.

»Ich habe angerufen«, sagte der BLUTSPECHT an der Rezeption des Schliffkopfhotels. »Eine Übernachtung, Firma Richter Rundholz.«

»Na, das ging aber schnell«, lächelte die im Landhausstil gekleidete Empfangsdame.

»Ja, ganz spontan«, antwortete Richter. »Eigentlich wollte ich noch weiter wandern bis zur Zuflucht, aber wenn bei Ihnen was frei ist, bleibe ich gerne hier.«

»Einen Aufenthalt für 14 Tage hätten wir Ihnen so kurzfristig nicht anbieten können, aber für eine Nacht und für erschöpfte Wanderer finden wir meistens noch was.«

Richter bedankte sich und nahm den Zimmerschlüssel in Empfang. Zweiter Stock, Südwestseite. Exakt das, was er brauchte.

Rucksack ab, Stiefel aus, dann öffnete er die Fenstertür und trat auf den Balkon. In einer Ecke sogar noch Abendsonne. Herrlich. Vor allem der Blick. Direkt auf den Parkplatz. Vorne, zu seinen Füßen, die Wagen der Hotelgäste, aber weiter hinten, auf dem nächsten Platz, über 150 Meter von ihm entfernt, sah er ihn, seinen kleinen schwarzen Suzuki Vitara. Zwei Wohnmobile parkten ein paar Meter weiter, mehrere Pkws davor in Richtung Hotel. Er würde sie im Auge behalten. Ganz genau und so lange, bis es vollständig dunkel war. Das Essen bestellte er aufs Zimmer.

Immer noch war es angenehm warm. Windgeschützt saß Reinhard Richter tief hinter der Balkonbrüstung und freute sich über die letzten Sonnenstrahlen. Ab und zu nahm er sein kleines Faltfernglas hoch und richtete es auf den Parkplatz.

Saßen da Leute in den Wagen? Nein, zumindest nicht in den ersten vier. Dann ein Kleinbus. Bei dem war er sich nicht sicher. Unmöglich, durch die verdunkelten Scheiben hineinzusehen.

Blieben noch die beiden Wohnmobile im Hintergrund. Er meinte, niederländische Kennzeichen zu erkennen, gelbe Nummernschilder. Eine Finte? Tarnte sich das SEK jetzt so?

Seine Gedanken wogten hin und her.

Ach was, wer sagt denn, dass die mein kleines Auto überhaupt im Visier haben? Wahrscheinlich sehe ich viel zu schwarz.

Vorsicht kann nicht schaden, und mir pressiert es nicht. Ich hab doch alle Zeit der Welt.

Ab und zu rollten Autos vorbei. Manche parkten, die Insassen stiegen aus und gingen zum Hotel. Sicherlich zum Nachtessen im feinen Restaurant zwei Stockwerke unter ihm.

Andere Wagen wendeten und fuhren wieder weg. Fahnder? Drehen die absichtlich hier eine Runde? Nein, nach Polizei sahen diese Autos nicht aus. Obwohl, wer weiß, mit welchen Fahrzeugtypen die Kerle vom mobilen Einsatzkommando unterwegs waren? Bestimmt tarnten die sich mit allen möglichen Marken.

Den schwarzen Kleinbus behielt Richter ständig im Visier. Ein Opel, so viel erkannte er. Falls dort jemand drinsaß, würde sich der Wagen irgendwann ein wenig bewegen. Vielleicht nur minimal, aber selbst, wenn sich da nur einer anders hinsetzte, musste der Bus leicht aufschaukeln. Nichts jedoch geschah.

Hinter dem Steuer zumindest saß niemand. Das konnte er durch die klare Scheibe der Fahrertür erkennen. Doch die restliche Verglasung war dunkel. Undurchsichtig. Verdächtig!

Auch den Wohnmobilen traute er nicht. Immer wieder peilte er sie mit seiner zehnfachen Vergrößerung an und suchte nach verräterischen Bewegungen. Doch die Minuten verstrichen, Viertelstunde um Viertelstunde verging, und nichts geschah, was ihn hätte beunruhigen müssen.

Plötzlich fuhr er zusammen. Da kamen vier Männer. Zu Fuß vom Hotel her. Richter machte sich noch kleiner hinter der Brüstung. Lautstark unterhielten sie sich und gingen … er hielt den Atem an … direkt zum Kleinbus mit den verdunkelten Scheiben. Einer griff in seine Hosentasche. Ja, jetzt hielt er einen Schlüsselbund in der Hand. Die Blinker leuchteten auf. Also Fernbedienung. Der Bus war abgeschlossen gewesen, folglich hatte sicherlich niemand drin gesessen. Die vier stiegen ein. Zwei vorne, zwei hinten. Der Opel fuhr davon. Uff! Ein Stein fiel ihm vom Herz.

Aber die beiden weißen Camper? Waren die Insassen ebenfalls im Restaurant? Jetzt wurde es bereits dämmerig. Bald konnte er nichts mehr sehen. Reinhard Richter wartete bis zum Schwinden des Lichts. Auf der Jagd würde er jetzt vom Hochsitz steigen. Eine Rehgeiß wäre nicht mehr sicher vom Bock zu unterscheiden. Sollte er seinen Wachposten aufgeben?

Nein, er entschied sich dafür, zu warten. Tatsächlich wurde es nicht vollständig dunkel. Die Lampen rings ums Hotel reichten, um auch auf den hinteren Teil des Parkplatzes einen leichten Lichtschimmer zu werfen. Richter zog einen Pullover unter seine Fleecejacke und blieb sitzen.

Immer noch fuhren Autos vorbei. Auch solche, die nicht anhielten. Wieso? Was wollten die dann hier? Was sollte das bedeuten? Doch die Fahndung?

Da kam ein Ford. Ein Mondeo? Derselbe jetzt schon zum zweiten Mal? Er war sich nicht sicher. Eine Kripo-Streife? Ohne anzuhalten, machte der Wagen kehrt.

Bildete er sich alles nur ein? Warteten die gar nicht auf ihn? Waren sie überhaupt auf die Idee gekommen, nach parkenden Autos zu schauen?

Plötzlich wieder Stimmen. Noch sah er nichts. Er sank wieder nach unten. Niemand durfte ihn bemerken.

Jetzt zwei Schatten, dahinter noch mal zwei. Auf dem Weg vom Hotel ... zum Parkplatz ... zu den Wohnmobilen. Schemenhaft konnte er erkennen, wie sie sich den Campern näherten. Dann flammten zwei kleine Lichtpunkte auf, glitten über die Fahrzeugtüren, wiesen den Weg zu den Schlössern. Richter atmete tief durch. In den Wohnmobilen ging die Beleuchtung an. Der BLUTSPECHT verließ seinen Ausguck.

Zur selben Zeit berichteten Oskar Lindt und Paul Wellmann in der Lagebesprechung vom Fehlschlag im Naturschutzzentrum.

»Alle sauber, kein Verräter unter der Belegschaft«, fasste Lindt zusammen. »Diese Theorie können wir also getrost vergessen.«

Kripochef Kühn, ungewöhnlich blass und mit tiefen Augenrändern, ergriff das Wort. Seine Stimme bebte: »Wenn wir jetzt nicht bald ein Ergebnis vorweisen können, macht uns die Staatsanwältin platt.«

»Originalton ›Die Eiserne?‹«, fragte Lindt amüsiert.

»Dann hat sie sich überhaupt nicht verändert. Wir kennen das aus früheren Zeiten.«

»Mir geht's ziemlich an die Nieren«, antwortete Kühn. »Das ist doch eine unverhohlene Drohung. Was denkt sich diese Frau denn dabei? Derartig miserable Umgangsformen waren wir bisher von der Staatsanwaltschaft Rottweil nicht gewohnt.«

Lindt winkte ab. »Mach dir nichts draus. Die kann nicht anders. Dieses Weib steckt voller Komplexe. Wenn sie bellt, bell einfach zurück. Am besten noch eine Spur lauter. Das wird sie überraschen.«

»Bloß nicht das Genick einziehen«, bekräftigte Paul Wellmann seinen Kollegen. »Die riecht es, wenn du vor ihr Angst hast. Dann schlägt sie umso lieber zu. Bevorzugt zieht sie dich vor der Presse durch den Kakao.«

Oskar Lindt äffte mal wieder die hohe Stimme von Lea Frey nach: »Die Staatsanwaltschaft ist sehr verwundert über das Vorgehen der Polizei«, dann fuhr er fort: »Und übrigens: Wer sich zum Wurme macht, braucht sich nicht zu wundern, wenn er getreten wird. Dieser Spruch gilt bei der ›Eisernen Lea‹ ganz besonders. Sie tritt gerne auf die, die bereits am Boden liegen.«

Paul grinste: »Apropos plattmachen. Ich hatte mal die Chance dazu. An einem Tatort in der Karlsruher Innenstadt ist sie uns direkt vors Auto gerannt.«

Lindt tippte sich an die Stirn: »Ich hab geschrien – ›Paul, gib Gas‹ – aber du hast eine Vollbremsung hingelegt. So eine Chance kriegt man nur ein Mal im Leben.

Und ich hätt' auch noch ausgesagt, dass du wirklich keine Möglichkeit zum Bremsen mehr gehabt hast.«

Dröhnend lachte die ganze Besprechungsrunde, und sogar Franz-Otto Kühns Gesichtsfarbe wirkte jetzt etwas frischer. »Also, Kollegen, wenn Ihr so was vorhabt – sorgt dafür, dass ihr die richtigen Zeugen findet.«

Wieder meldete sich Oskar Lindt. »Gibt es schon was von den parkenden Autos?«

Kühn nickte: »Die Ergebnisse der Halterfeststellungen kamen heute Vormittag kurz vor zehn. Ein Team ist auf den Schliffkopf gefahren und hat davon erst mal die Gäste des Hotels aussortiert. Alle, die dort eingecheckt hatten, haben wir gestrichen. Das war schon eine ganze Menge, mehr als die Hälfte der Kandidaten.«

»Und der Rest?«

»Touristen aus nah und fern. Wanderer, die für eine Tagestour ihren Wagen dort abgestellt hatten, und sicherlich auch einige, die zum Essen im Restaurant waren. Vier Mietwagen, die von ausländischen Touristen gefahren wurden und dann noch eine ganze Reihe von Firmenfahrzeugen. Fünf sind auf Sägewerke angemeldet, einer auf einen Holzhändler, weiter stehen noch drei Werkswagen von Porsche und vier einer Volksbank aus dem Badischen auf unserer Liste.«

»Seid ihr schon dazu gekommen, die Halter zu befragen?«, wollte Lindt wissen.

»Ja«, sagte Kühn, »aber das ist ein enormer Aufwand. Alle auswärtigen Nummern haben wir an die jeweiligen örtlichen Dienststellen delegiert. Entweder Tagestouris, die heute zu Hause anzutreffen waren, oder Feriengäste, die irgendwo anders im Schwarzwald im Quartier sind und gestern einen Abstecher zum Schliffkopf gemacht haben. In diesem Fall sind Streifen zur Urlaubsadresse geschickt worden. Die Rückmeldungen gehen nach und nach ein.«

Lindt bohrte weiter: »Wurden auch Wagen mit FDS-Kennzeichen erfasst?«

Kühn antwortete leicht gereizt: »Oskar, du brauchst nicht so penetrant nachzufragen. Wir machen schon unsere Arbeit. Alle diese Fahrzeuge wurden bereits von Teams der Bereitschaftspolizei überprüft. Und vergiss nicht, ihr seid da, um uns zu unterstützen, und nicht umgekehrt.«

»Oh, Entschuldigung«, ruderte der Karlsruher Kommissar zurück. »Ich verfalle halt gerne in die Rolle des leitenden Ermittlers. Nach so vielen Jahren kommt das leider automatisch.«

»Jaja, ist schon gut. Ich wollte das nur mal gesagt haben. Wir wissen eure langjährige Erfahrung sehr zu schätzen.« Dann schob Kühn eine 14-seitige Zusammenstellung über den Tisch. »Da steht alles drin. Es fehlen noch sieben Meldungen der Kollegen von außerhalb, aber alle gelisteten Fahrzeughalter in unserem Landkreis Freudenstadt haben im Lauf des Tages Besuch erhalten.«

Lindt nahm die Tabelle an sich. »Gab es Auffälligkeiten?«

Franz-Otto Kühn schüttelte den Kopf. »Drei waren nicht zu Hause, aber sonst überall plausible Erklärungen. Wandern oder essen gehen im Schliffkopfhotel. Nicht nur ihr Karlsruher, auch die Leute hier im Kreis wissen die Höhenlage zu schätzen.«

»Danke, wir schauen später mal rein«, meinte Lindt und schob die Liste in seine Schreibmappe. »Du kannst Paul und mich für die weitere Bearbeitung eintragen.«

9

Reinhard Richter schlief unruhig in dieser Nacht. Trotz des hervorragenden Bettes im Schliffkopfhotel schreckte er in regelmäßigen Abständen hoch. Immer wieder meinte er, Geräusche vor seiner Zimmertür zu hören. Angestrengt lauschte er, konnte aber nichts feststellen. Zwei Mal lugte er sogar auf den Gang hinaus, ohne irgendjemanden zu entdecken. Er lag voll bekleidet auf dem Bett und hatte die Balkontür ein Spaltweit geöffnet, um im Fall des Falles zumindest eine kleine Fluchtchance zu haben.

Erst nach und nach beruhigte er sich. Wenn ihn Zielfahnder hier aufgespürt hätten, dann wäre der Zugriff einer SEK-Einheit bestimmt längst erfolgt.

Aber nichts dergleichen geschah, und endlich, gegen zwei Uhr schlief er richtig tief ein.

Der BLUTSPECHT erwachte zu seinem eigenen Erstaunen erst kurz nach halb acht Uhr, als es draußen schon heller, sonniger Tag war. Er fühlte sich wirklich ausgeruht, nahm eine heiße Dusche und packte seinen Rucksack. Nach einem fürstlichen Frühstück beglich er die Rechnung.

»Wunderbares Wanderwetter, trocken, sonnig, beste Fernsicht«, meinte die Dame am Empfang. »Wie weit wollen Sie heute kommen?«

Richter lächelte: »Immer dem Westweg nach. Zuflucht, Alexanderschanze und so weiter. Ich lasse alles auf mich zukommen. Irgendwo finde ich immer ein Quartier.« Fröhlich winkend verabschiedete er sich. Gut, dass sein Wagen ein gutes Stück entfernt stand. Die Hotelmitarbeiterin hätte sich sonst doch etwas gewundert, ihn einsteigen zu sehen.

Die Straßen waren frei, nirgends eine Polizeikontrolle. Wunderbar! Er verließ den Kreis Freudenstadt und begann postwendend mit den Vorbereitungen des nächsten Planes. Den hatte er schon seit Wochen im Kopf. Jetzt würde er zur Realität. Endlich!

Zur blutigen, sich in der Grausamkeit ständig steigernden Wirklichkeit.

Zur nächsten Attacke des BLUTSPECHTS.

In Schiltach hielt er auf einem weitläufigen Parkplatz an der Kinzig an und widmete sich seinem Smartphone.

20 Minuten lang suchte er intensiv im Internet. Überall nur rot. Ausgebucht! Kein Wunder, sagte er sich. Herbst ist eben Reisesaison. Vor allem die gut betuchten Rentner sind da unterwegs.

Er suchte und suchte. Fehlanzeige!

Schließlich wurde seine Mühe doch noch belohnt. Bei einem Anbieter in Balingen hatte er Glück. Schnell reservierte er telefonisch: »Im Lauf des Nachmittags.«

Dann startete er wieder. Ab zum Jagdhaus. Er schaute zur Scheune. Sollte er jetzt seinen VW-Bus nehmen? Nein, lieber nicht. Es wäre schon etwas merkwürdig, beim Verleih in Balingen mit einem Campingbus vorzufahren, um ein Wohnmobil zu mieten. Also weiter im Suzuki.

Er musste mit kleinem Gepäck reisen, so viel war klar. Nur sein großer Rucksack, der musste genügen. Er legte ihn auf den Rücksitz. Blieb noch das Mountainbike. Darauf wollte er keinesfalls verzichten. Nur mit ihm konnte er Waldwege befahren, ohne aufzufallen. Räder demontieren und im Innenraum verstauen? Bei einem Viertürer wäre das zur Not noch gegangen, aber bei seinem kurzen Geländewagen hatte er keine andere Möglichkeit, als das Bike außen an der Hecktür am Ersatzrad festzubinden. Drei Spanngurte sorgten für Stabilität, doch es entsprach sicher nicht den Vorschriften, ein Fahrrad auf diese Weise zu transportieren. Sollte er das Risiko eingehen? Ach was, entschied er. Auf der kurzen Fahrt bis zur Schwäbischen Alb wird mich schon niemand anhalten. Wegen einer dreiviertel Stunde …

Reinhard Richter schloss die Fensterläden des Jagdhauses und wandte sich zum Aufbruch. Da fiel sein Blick auf die Kellertür. Mist, da unten hängen ja noch die drei Rehe! Die mussten dringend weg. Er würde sicherlich einige Tage lang wegbleiben, und nach dieser Zeit wäre das Wildbret garantiert nicht mehr zum Verzehr geeignet. Gut abgehangen waren die Tiere jetzt schon.

Es blieb ihm keine Wahl. Er musste seine Abfahrt etwas verschieben. Der Metzger in Schramberg würde ihm seine Beute zwar abkaufen, aber nicht in der Decke, wie das Fell in der Jägersprache hieß. Zumindest das musste er den Rehen noch abziehen. Aus seinem Rucksack holte er das feststehende schwedische Jagdmesser und aus der Schublade im Küchentisch den Diamantschärfer. Ein paar Mal fuhr er damit über die Klinge – rasiermesserscharf! Er machte sich ans Werk, setzte routiniert die Schnitte, zog und drückte die Haut vom Fleisch. Nach einer guten halben Stunde war er fertig. Drei lebensmittelechte Kunststoffsäcke nahmen das Wildbret auf, und im Fußraum vor dem Beifahrersitz fand sich dafür noch ein Platz im kleinen Geländewagen.

Reinhard Richter hasste es, wenn sich sein Zeitplan verschob, auch wenn er genügend Luft einkalkuliert hatte. Auf jeden Fall würde es ihm bequem reichen, das Wohnmobil noch heute übernehmen zu können.

Nach kurzer Fahrt erreichte er Schramberg, durchfuhr die Talstadt und hielt auf der Höhe im Stadtteil Sulgen direkt vor der Metzgerei, an die er schon häufig seine Jagdbeute geliefert hatte. Er ging die Stufen hoch zum Laden und stellte sich direkt an die Kasse. Im Moment war er der einzige Kunde.

»Sie möchten sicherlich ein Vesper«, begrüßte ihn die Verkäuferin.

»Ja«, antwortete Richter, »aber erst nachher. Wenn's geht, hätte ich gerne den Chef gesprochen. Ich hab drei Rehe dabei.«

»Au, da wird er sich freuen. Jetzt im Herbst kommen jeden Tag Kunden, die nach frischem Wild fragen. Ich hol ihn gleich.«

Die Frau verschwand nach hinten, und Reinhard Richter betrachtete die Auslagen in der Heißtheke. Angesichts von heißem Fleischkäse, gebratenen Hähnchenschlegeln, Bockwürsten und Frikadellen lief ihm das Wasser im Mund zusammen. So bemerkte er gar nicht, wer hinter seinem Rücken in den Laden gekommen war. Erst als ihm jemand auf die Schulter tippte, fuhr er herum. Er sah Blau, blaue Uniform, weiße Mütze. Richter starrte den Polizisten an, als hätte er einen Geist gesehen. Er war einer Ohnmacht nahe.

»Oh, hab ich Sie erschreckt?«, grinste der bärtige Beamte. »Entschuldigung, das wollte ich nicht.«

»Was … was … was dann«, stotterte Richter fassungslos.

»Was ich hier will? Natürlich ein Fleischkäsweckle, so wie Sie wahrscheinlich auch«, kam die Antwort in breitem Schwäbisch. »Aber da draußen«, er zeigte durch die Scheiben auf Richters Suzuki, »da draußen an ihrem Auto, das geht natürlich nicht. Das mit dem Rädle da am Ersatzrad.«

»Ach … ach so, das meinen Sie.« Er fing sich langsam wieder. »Das mach ich normalerweise auch nicht. Ich hab sonst einen stabilen Träger für die Anhängerkupplung, aber den hat grad mein Nachbar und deshalb …«

»Na ja, fest angebunden ist es ja, das Rädle. Ich hab schon dran gelottert. Wenn Sie nicht mehr weit fahren, dann …«

Richter strahlte den Beamten spontan an. »… dann können Sie ein Auge zudrücken?«

»Nur für heut und nur ein einziges Mal«, grinste der Polizist.

»Ich spendier Ihnen auch gerne das Fleischkäsweckle«, antwortete Richter.

Der Uniformierte lachte: »Erst Straßenverkehrsgefährdung und jetzt auch noch Bestechung. Ich glaub, da muss ich doch eine Anzeige schreiben.«

»Au, nein, da haben Sie mich falsch verstanden. Völlig falsch.«

»Na also, dann gibt's halt nur eine mündliche Verwarnung. Und ein Weckle. Aber ein selbst bezahltes!« Er setzte wieder sein breites Grinsen auf: »Kennen Sie den alten Beamtenspruch?«

Richter schüttelte den Kopf. »Nein, welchen?«

»Wir sind bestechlich, aber wir sind nicht billig!« Der Polizist lachte dröhnend und klopfte seinem Gegenüber freundschaftlich auf die Schulter. »Gut, gell, der Spruch. Also mit einem einzigen kleinen Fleischkäsweckle wird das nichts. Hohoho. Da müssen Sie sich schon was anderes einfallen lassen.«

»Ich glaub', des bringet mir in der Fasnet.« Der Metzger hatte einen guten Teil der Unterhaltung mit angehört und bog sich auch vor Lachen. »Unsere Staatsmacht und der Leberkäs! Des gäb a Überschrift!«

»Lass des lieber bleiben, sonst hol ich mein Vesper zukünftig woanders«, drohte der Polizist scherzhaft, aber da reichte ihm die Verkäuferin bereits sein dick belegtes Brötchen über die Theke. »Dank schön! Dann bis bald«, antwortete der Uniformierte und verließ den Laden.

Richter war verdutzt: »Aber bezahlt hat er jetzt erst nicht.«

Der Metzger strahlte: »Macht nix, mir schreibet's bei Ihnen mit drauf. So und jetzt zu Ihre drei Reh'.«

Der Rest war schnell erledigt. Reinhard Richter verkaufte sein Wild, bestellte zwei Fleischkäsebrötchen, bezahlte drei, und die Welt war wieder in Ordnung.

Er aß während der Fahrt. Immer noch höchst erheitert über die Begegnung in der Metzgerei und noch mehr amüsiert bei dem Gedanken, dass die Schramberger Polizei dem meistgesuchten Verbrecher des Landes eine mündliche Verwarnung erteilt hatte, die mit einem Fleischkäsebrötchen zu begleichen war. Wieder ein gutes Zeichen! Weiter so! Das Glück klebte ihm einfach an den Schuhsohlen.

Auch die Übernahme des Wohnmobils in Balingen gestaltete sich absolut problemlos. Personalausweis, Führerschein, Kaution, dann ein Handschlag und eine kurze Einweisung. »Gute Fahrt!«

Richter belud das weiße Mobil, befestigte sein Bike auf dem Heckträger und gab Gas. Kurs auf den Schwarzwald, Kurs auf die Heimat des BLUTSPECHTS!

Auf zum finalen Schlag gegen den Nationalpark!

Sein nächstes Opfer hatte er sich schon lange ausgesucht. Das war auch nicht weiter schwierig, denn Richter kannte dessen tägliche Gewohnheiten bereits seit Langem. Eigentlich schon seit Jahren.

Ein wenig tat es ihm leid um Gottfried Gaiser. Eigentlich war der nicht sein primäres Ziel gewesen. Aber um ihn würde wenigstens keine ganze Familie trauern so wie um Alf, den schönen Schweißhund.

Gottfried, oder Gottle, wie er in Obertal genannt wurde, lebte eigentlich alleine. Trotzdem hatte er zahlreiche Familienmitglieder. Sie waren braun, grau oder gescheckt und hatten zwei lange Ohren. 54 Stallhasen saßen hinter Gaisers Haus in sorgfältig gebauten Verschlägen. Ansonsten war der Hausmeister des Naturschutzzentrums ein eingefleischter Junggeselle, der immer und überall verkündete, dass es leichter wäre, 54 Stallhasen zu versorgen als eine einzige Frau.

»Wenn so ein Has' nicht pariert, dann kriegt er einen Bengel über den Kopf und am nächsten Tag ein warmes Bettle in meinem Bräter. Bei einem widerwärtigen Weib wär das halt nicht so einfach!« Wo auch immer er diesen Spruch losließ, erntete er größte Erheiterung.

Als Zuchtwart des Kleintierzuchtvereins war der Gottle schon seit 30 Jahren aktiv und ansonsten mit sich und der Welt höchst zufrieden. In ein paar Jahren würde er in Rente gehen und hätte dann noch mehr Zeit für seine Viecher. Das war sein Plan, und den kannte Reinhard Richter auch. Man kennt sich eben in einem kleinen Ort wie Obertal, auch wenn Richter nie am Gemeinschaftsleben partizipierte, sondern viel lieber im weit entfernten Hinterlehengericht auf die Jagd ging oder auf dem Bike trainierte.

Trotzdem wusste er, dass Gottfried Gaiser regelmäßig Gras für die Kaninchenschar holen musste. Das tat er immer nach Feierabend auf einer der Wiesen am Waldrand, die sonst keiner mähen wollte. Landschaftspflege mit Nutzeffekt. Die Eigentümer hatten eine gepflegte Fläche und der Gottle Futter für die Hasen. Natürlich konnte er den Tieren längst nicht alles vorsetzen, was auf den sauren, nassen Wiesen aufwuchs, aber er klaubte das Gute zusammen und mähte das Schlechte trotzdem. Immer mit der Sense und täglich ein Stück. Auch ein Junggeselle braucht einen geregelten Tagesablauf.

Frisches Futter holte er immer mit seinem alten Kreidler Florett. Hinter dem Moped ein passendes leichtes Anhängerchen. Das fasste gerade die Menge an Frischfutter für einen Tag. Zuviel junges Grün durfte man nicht eingeben, sonst drohten Durchfälle. Aber der Gottle kannte sich aus. Er reichte seinen Schlappohren auch Möhren, Gemüseabfälle der Nachbarn und eine selbst zusammengestellte »Kanin-Spezial«-Futtermischung.

Trotzdem schwor er auf die vielen Kräuter der mageren Wiesen. »Alles pure Arznei«, sagte er immer wieder und jetzt nutzte er die sonnigen Septembertage, um zum zweiten Mal in diesem Jahr zu heuen. Anfang Juli der erste und nun der zweite Schnitt. So konnten die prächtigen Zuchtkaninchen auch im Winter immer leckere Blättchen mümmeln.

Selbst die Heuernte bewältigte Gottfried Gaiser in reiner Handarbeit, und darauf war er stolz. Nicht umsonst fand sich seine Mannschaft häufig unter den Bestplatzierten beim Sensenmähen im jährlichen »Ländlichen Vierkampf«. Der Gottle war ein Könner mit dem scharf gedengelten Blatt und mähte in Nullkommanichts respektable Areale ab. Sauber, dicht über dem Boden, Mahd für Mahd. Da machte er vielen Jüngeren noch etwas vor.

Um das trockene Heu heimzuholen, spannte er stets seinen Oldtimertraktor an. Ein Porsche Diesel – »Ja, ich bin Porschefahrer« – Baujahr 1961, natürlich in original Rot, ohne Verdeck und super gepflegt. Was auch sonst. Dahinter der zweiachsige Heuwagen. Alles machte er in reiner Handarbeit. Mähen, wenden, zusammenrechen, auf- und abladen – der Gottle war stolz drauf. »Mich hält meine Landwirtschaft fit. Ich brauch keinen Sport!«

Ein Sportler aber hatte ihn bereits im Visier. Heute trug er wieder Grau. Den grauen Vollbart, einen hellgrauen Trenkerhut mit Gamsbärtchen, den verwaschenen, schweren groben Islandpullover mit mehreren voluminösen Schichten Kleidung darunter und natürlich die obligatorische Goldrand-Sonnenbrille. 20 Jahre gealtert und 20 Kilo dicker. Zumindest im Vorbeifahren würde ihn keiner seiner Nachbarn erkennen. Garantiert nicht. Einer der vielen WoMo-Touristen, die in ständig steigender Zahl den Schwarzwald überschwemmten.

Die letzte Nacht hatte ihm ›K‹ beschert. Ein Kennzeichen mit K wie Köln. Ganz einfach, um drei Uhr in einer Seitenstraße in Esslingen. Ob der Diebstahl schon gemeldet worden war? Würde jemand das gestohlene

Nummernschild im Schwarzwald an einem Wohnmobil vermuten? Wohl kaum, sagte er sich immer wieder und bemerkte zufrieden, dass auch die Einheimischen bei einem auswärtigen Autokennzeichen offensichtlich kein Interesse hatten, den Fahrer hinter dem Steuer zu erkennen.

Auf einem kleinen Parkplatz stellte er seinen Camper ab. Im Rücken die hohen Fichten, nach vorne unbegrenzte Sicht auf die Wiesen am Waldrand, die ersten Häuser ein gutes Stück entfernt. Hier war sein Opfer zu erwarten. 100-prozentig.

Reinhard Richter machte es sich drin im Fahrzeug auf den Polstern der Sitzgruppe gemütlich. Vor ihm auf dem Tisch lag das 10-fache Fernglas bereit. Das Fenster war bereits entriegelt und konnte mit einem raschen Handgriff nach außen geklappt werden. Dieses Mal musste er nicht durch Unterholz kriechen oder über dicke Steine stolpern. Nein, ganz bequem würde es gehen. Fensterrahmen und Esstisch versprachen beste Auflage. Zur Probe schob er den Lauf seiner Jagdbüchse schon mal nach draußen und schaute durchs Zielfernrohr. Direkt auf die gemähte Wiesenfläche. Das dort liegende Gras wies bereits eine hellgrüne, leicht gelbliche Farbe auf, also war es trocken. Jede Wette, der Gottle wollte es heute noch heimholen.

Den Standplatz hatte der BLUTSPECHT bereits vor mehreren Wochen ausgewählt. Zu der Zeit, als er zu Hause in seinem Keller die Sprengsätze präparierte. Mit dem Fahrrad war er ein ums andere Mal den Weg vom

Dorf her gefahren, um sich einen genauen Überblick zu verschaffen, wie er sein Fahrzeug aufstellen musste, um in verschiedene Richtungen schießen zu können. Alles perfekt geplant. So hatte er jetzt auch das schmale Sträßchen genau im Blick. Natürlich konnte er nur zuschlagen, wenn dort niemand unterwegs war, aber er fühlte sich sicher. Beste Übersicht.

Wo lag das Risiko? Von wo aus könnte man ihn sehen?

Vom Dorf aus? Fast nicht. Der Standplatz lag hinter einer Wegbiegung ohne direkte Sicht zu den Häusern.

Vom Spazierweg oben am Waldrand? Theoretisch ja, aber auch den konnte er mit dem Fernglas nahezu vollständig überblicken. Im Moment saßen noch drei ältere Feriengäste dort auf einem Bänkchen, doch bald würde die Sonne verschwunden sein und die Urlauber sich auf den Rückweg zum Gasthof machen, wo sie ein reichhaltiges Abendessen erwartete.

Blieb noch der Waldweg. Es konnte passieren, dass von hinten jemand kam. Auto, Traktor, Fahrrad, Fußgänger. Breit war der Weg nicht, aber er führte doch weiter ins Tal hinein und dann hoch in den Wald. Einige Male war ihn Richter mit seinem Mountainbike abgefahren. Holzeinschläge fanden momentan in diesem Bereich nicht statt, und auch die ausgeschilderten Wanderstrecken verliefen auf anderen Routen. Dennoch kam ab und zu jemand vorbei.

Sollte er dieses Risiko eingehen? Wie hoch war die Wahrscheinlichkeit, dass ihm genau im Moment der Schussabgabe jemand dazwischenfunkte?

An verschiedenen schönen Spätsommertagen hatte er sich etwas weiter drin im Wald gut getarnt auf die Lauer gelegt und über mehrere Stunden genau notiert, wer wie und wann diesen Weg benutzte. Das Ergebnis war schnell ausgerechnet: Durchschnittlich kam alle 72 Minuten jemand dort entlang, aber dieser statistische Mittelwert half gar nichts. Manchmal fuhren nacheinander mehrere Fahrzeuge durch, dann drei Stunden lang gar niemand. Gelegentlich rollten Biker im Zehnminutenabstand vorbei, anschließend war für lange Zeit Ruhe. Er zog das Fazit: Jederzeit kann jemand kommen, und zwar ziemlich überraschend.

Er musste einen Weg finden, um unbemerkt schießen zu können! Wäre ein Schalldämpfer die Lösung? Theoretisch schon, denn durch eine »Flüstertüte« würde der Schussknall auf Kleinkaliber-Niveau reduziert. Unten bei den Häusern konnte man sicherlich rein gar nichts mehr hören.

Leider musste er diese Lösung verwerfen, denn um einen Schalldämpfer aufzuschrauben, war vorne an der Mündung des Gewehrlaufs ein sauber geschnittenes Gewinde notwendig. Das wiederum konnte nur ein Fachbetrieb anfertigen. Unmöglich bei einem illegalen Lauf und einem schwarz beschafften Schalldämpfer. Mitwisser durfte es keinesfalls geben.

Nächtelang grübelte er darüber, wie er das Restrisiko minimieren könnte, doch es fand sich keine praktikable Lösung.

Es gab keine Wahl, da musste er durch. Also beschloss er, die Sache positiv zu sehen. Nicht als Problem, sondern als Herausforderung. Er setzte auf »no risk – no fun«, und seine Zuversicht wuchs stetig. Es würde klappen. So wie alle Attentate funktioniert hatten. Er musste danach nur schnell genug verschwinden. Gas geben und ab durch die Mitte!

Jetzt im Moment saß er auf der gepolsterten Bank des Wohnmobils und schaute abwechselnd nach links und nach rechts. Links erwartete er sein Opfer, rechts überblickte er noch knappe 100 Meter des weiteren Wegverlaufs. Das links Fenster war leicht geöffnet, um den Gewehrlauf hindurchschieben zu können und auch das rechte war um eine Handbreit ausgestellt. So hatte er wenigstens die Chance, heranrollende Fahrzeuge vorab zu hören.

Jetzt fieberte der BLUTSPECHT – alle Sinne aufs Höchste angespannt – darauf, dass sein Opfer mit dem historischen roten Traktor herantuckern würde. Hörte er den alten Diesel etwa schon?

Am selben Tag hatten die beiden Karlsruher Kommissare ihren Dienst erst recht verspätet begonnen. Sie zeigten mittlerweile deutliche Ermüdungserscheinungen, und so waren sie sich sie am Vorabend einig gewesen, erst einmal richtig lang auszuschlafen.

»Täglich Lagebesprechung bis um Mitternacht, nein, Oskar, das halte ich nicht mehr länger aus.«

Lindt hatte nichts dagegen gehabt. »Paul, du hast recht. Wir müssen unsere Dienstfähigkeit erhalten. Also treffen wir uns gegen Mittag.«

Bei einem ausgiebigen Frühstück im ersten Stock des Café Pause mitten auf dem Freudenstädter Marktplatz berieten sie ihr Vorgehen für den Tag.

»Wir konzentrieren wir uns am besten auf die drei einheimischen Fahrzeuge, deren Halter bisher nicht angetroffen wurden«, legte Oskar Lindt fest, und Paul Wellmann nickte: »Die Hinweise aus der Bevölkerung bearbeiten die anderen Soko-Kollegen, der Sprengstoff wurde von der KT als Internet-Selbstbau-Bombe identifiziert, folglich bleiben für uns nur die Autos als einzige heiße Spur.«

Lindt zog ein zusammengefaltetes Blatt aus der Innentasche seiner Jacke und legte es auf den Tisch. »Alle in Baiersbronner Teilorten. Zweimal Mitteltal, einmal Obertal. Arbeiten wir uns also das Tal hinauf. Eine Frau, zwei Männer. Ladies first. Auf zu Sonja Schmid.«

Sie ließen sich Zeit, erreichten Mitteltal eine gute Stunde später und hielten vor einem Mehrfamilienhaus in der Ruhesteinstraße. Lindt nahm die Liste: »Ein kleiner Van, Renault Mégane Scenic, weinrot, zwölf Jahre alt, Kennzeichen FDS-S 1974.« Getrennt suchten sie die Umgebung ab. Fehlanzeige. Von dem Wagen war nirgends etwas zu sehen.

Die Kommissare gingen zum Hauseingang. »Schmid-Holzer« stand auf dem Klingelschild. Oskar drückte den Knopf, einmal, zweimal, dreimal – erfolglos. Niemand öffnete. Er schaute am Haus nach oben, dann wandte er sich an Paul Wellmann: »Sollen wir bei den anderen Mietern …?«

Der schüttelte den Kopf. »Ich weiß nicht recht. Es wird doch gleich geschwätzt, wenn sich die Polizei nach einer Nachbarin erkundigt.«

»Ach schau mal, gar nicht nötig.« Lindt zeigte in Richtung Straße. »Das ist garantiert der Wagen.«

Tatsächlich fuhr ein weinroter, sichtlich verschlissener Renault-Van heran und parkte vor dem Haus direkt neben den Kommissaren. Eine Frau und zwei Kinder stiegen aus.

»Sonja Schmid?«, fragte Lindt und bekam einen erstaunten Blick als Antwort. »Ja, aber was wollen Sie denn von mir? Kommen Sie vom Amt?«

»Amt? Von welchem Amt?« Lindt musterte die Frau einen Augenblick lang. Das Blond ihrer schulterlangen strähnigen Haare musste dringend nachgefärbt werden. Der dunkle Ansatz kam schon überdeutlich heraus. Die Augen saßen tief in den von dunklen Ringen bekränzten Höhlen, und die Finger der rechten Hand waren unübersehbar tabakvergilbt. »Nein, wir sind nicht vom Sozialamt«, antwortete der Kommissar, denn die Frau hatte auf seine Frage nichts gesagt.

»Und auch nicht vom Jugendamt«, ergänzte Paul Wellmann und zeigte seinen Polizeiausweis vor.

Die Frau zuckte zusammen: »Polizei? Warum lauern Sie mir auf?« Panik flackerte durch ihre wässrigen Augen. Hektisch griff sie nach den Händen der beiden kleinen Mädchen und zog sie ruckartig zu sich her. »Nein, Sie kriegen die Kinder nicht. Die haben es gut bei mir. Es ist alles okay.«

Lindt wollte sie beruhigen und trat einen Schritt auf sie zu, doch das war zu viel und erhöhte die Furcht der Frau noch mehr. Sie stolperte rückwärts, schob die Mädchen zum Auto, riss die hintere Tür auf, schrie »Rein da! Los!«, und griff nach der Fahrertür.

Lindt musste handeln und stellte sich ihr in den Weg. »Halt, halt, immer mit der Ruhe. Wir sind nicht wegen der Kinder hier.«

»Wes… weshalb dann?«, stotterte die Frau.

»Nur eine Frage zum Auto.«

»Was? Wieso? Ich hab nichts gemacht. Die Beule da hinten ist schon ein halbes Jahr alt.«

Lindt wehrte ab: »Nein, nein, keine Sorge. Wir möchten nur wissen, wo Sie mit dem Auto am Montagnachmittag waren.«

»Montag? Wieso?«

»Ja, am Montag. Wo waren Sie zwischen zwei und sechs?«

»Montags und mittwochs arbeite ich auch nachmittags. Da gehen meine Mädchen nach der Schule zur Tagesmutter.« Sie zeigte die Straße entlang. »Dort drüben, zwei Häuser weiter.«

»Und wo arbeiten Sie?«, fragte Lindt leicht genervt.

»Unten in Baiersbronn, in der Fabrik. Verpackungsmaterial. Dort bin ich im Lager. Irgendwie muss ich uns ja durchbringen.«

»Fahren Sie da immer mit dem Auto hin?«

»Nein, nur bei schlechtem Wetter. Seit der Sprit so teuer ist, nehm ich meistens das Fahrrad.«

»Am Montag war es ziemlich sonnig.«

Die Frau zog die Stirn in Falten: »Was ist denn mit dem Auto? Am Montag stand es hier, genau auf diesem Parkplatz.«

»Den ganzen Nachmittag?«

»Ja doch!«

»Kann sonst jemand Ihren Wagen benutzen? Er war oben am Schliffkopf geparkt.«

Die Frau wurde blass. »Wo? Am Schliffkopf? Dieser … dieser …« Zornig stampfte sie mit dem Fuß auf.

»Wen meinen Sie? Wer hat noch Zugang zu Ihrem Auto?«

Sonja Schmid ließ die Schultern fallen. »Ich hab ihm strikt verboten, es ungefragt zu nehmen. Aber er weiß, wo der Schlüssel ist. Bestimmt war er wieder mit irgendeiner Tussi unterwegs.«

Lindt zeigte auf das Klingeschild. »Der da? Holzer? Heißt er so?«

»Ach was, der Holzer ist längst fort. Nein, ich meine Sven, meinen großen Sohn. Eigentlich wohnt er gar nicht mehr hier, aber …«

»… in die Wohnung kann er noch«, ergänzte Lindt.

Die Frau nickte. »19 ist er jetzt und hat schon zweimal die Lehre abgebrochen. Nirgends tut er gut. Immer nur Unsinn im Kopf.«

»Sven Schmid?«, fragte Paul Wellmann und zückte sein Notizbuch. »Oder Sven Holzer? Gibt es eine Adresse?«

»Nein, der heißt wie sein Vater. Hellstern. Sven Hellstern. Holzer, das war mein Freund ein paar Jahre lang, aber der hat schon seit Monaten eine andere.«

»Kann er auch mit Ihrem Wagen gefahren sein?«

»Ach was, der fährt BMW. Damit kann er bei den jungen Dingern besser angeben.«

»Also kommt nur Ihr Sohn infrage«, stellte Wellmann fest. »Wo finden wir ihn denn?«

»Das wüsste ich auch zu gern. Zuletzt war er in Friedrichstal bei zwei Kumpels untergekrochen. Dort am Sensenhammer. Bei den Hüttenwerken hat er gejobbt, aber bestimmt haben die ihn schon längst wieder rausgeworfen.« Sonja Schmid fuhr sich stöhnend über die Stirn. »Es war mir echt zu viel mit ihm. Wenn ich ehrlich sein soll, ich bin froh, dass er weg ist. Jetzt hat wenigstens jedes meiner Mädchen ein eigenes Zimmer.«

Oskar Lindt schaute der Frau gerade in die Augen. »Wie steht Ihr Sohn zum Nationalpark?«

Sonja Schmid reagierte verwirrt: »Wieso Nationalpark? Wie kommen Sie denn darauf? Was hat der Sven damit zu tun? Das hat ihn doch noch nie interessiert.«

Lindt drehte sich zu seinem Kollegen. »Paul, ich glaube, das war's. Hast du noch Fragen?«

Wellmann schüttelte den Kopf. »Danke, Frau Schmid. Machen Sie sich keine Sorgen. Ist halt unser Job, unangenehme Fragen zu stellen. Und seien Sie nicht zu hart mit dem Sven – falls er mal wieder ungefragt Ihren Wagen nimmt.«

»Diesen jungen Mann nehmen wir zum Schluss ins Gebet, wenn wir alle anderen durchhaben«, entschied Lindt, als die zwei Kommissare wieder in ihrem bequemen französischen Dienstwagen saßen. »Friedrichstal liegt schließlich auf unserem Rückweg nach Freudenstadt.«

»Falls wir ihn überhaupt antreffen«, zweifelte Wellmann und griff zum Handy. »Die Zentrale soll mal im Hüttenwerk anrufen. Vielleicht arbeitet er ja noch dort.«

Lindt nickte. »Okay. Auf zum nächsten Autohalter. Wilfried Harter. Vom Alter her muss das ein Rentner sein. Mercedes, E-Klasse, neues Modell, FDS-WH 50.«

Die Karlsruher Ermittler bogen von der Durchgangsstraße ab und erreichten ein gepflegtes Einfamilienhaus mit großem Garten in sonniger Südhanglage. Akkurat geschorener Rasen, sauber geschnittene Buchenhecke, die stahlgraue Limousine in der Einfahrt. Schon beim ersten Klingeln öffnete ein braun gebrannter, schlanker Mann mit schlohweißem Haarkranz die Tür. Erstaunt betrachtete er die Kommissare. »Ich kenn' Sie doch. Ja genau, vom Schliffkopf.«

Lindt war verdutzt: »Echt?«

»Ja, Sie sind doch der mit der Pfeife. Am Montagabend auf der Sitzbank, dort beim Gipfel.«

»So was«, wunderte sich Lindt.

»Ja, ganz sicher. Ich sag noch zu meiner Frau: Mist, unsere Lieblingsbank ist besetzt.«

»Also sind Sie häufig da oben.«

»So oft es geht. Die Luft und die Sonne, einfach wunderbar. Aber was verschafft mir denn die Ehre?«

Lindt zog den Kripoausweis aus der Tasche. »Wir haben ein paar Routinefragen.«

Wilfried Harter nahm den Ausweis genau in Augenschein. »Das Attentat auf die Biologin? Unglaublich. Wir haben uns auch noch über die ganze Polizei gewundert. Am nächsten Morgen kam es ja dann im Radio. Das waren doch wieder diese Irren, diese BLUTSPECHTE. Meinen im Ernst, sie könnten den Nationalpark jetzt noch verhindern.«

»Wie stehen Sie denn dazu?«, fragte Lindt gerade heraus.

»Ich?« Harter schaute sich um. »Ich bin dafür, ganz klar für den Nationalpark. Schon immer, aber laut darf man das hier in Mitteltal ja nicht sagen.«

»Sie haben sich also bisher eher zurückgehalten?«

»Na ja, wissen Sie, wir gehören zu den ›Reingeschmeckten‹, zu den Zugezogenen. Wenn man keinen Ärger und etwas Anschluss im Ort möchte, muss man schon aufpassen, was man von sich gibt.«

»In der Nationalparkdiskussion ganz besonders«, bekräftigte Lindt.

»Ich sehe schon, Sie verstehen mich. Wir sind vor 15 Jahren von Böblingen hierher gezogen. Ich war dort bei einem großen IT-Konzern in der Entwicklung beschäftigt, und mit 58 haben die mich in Rente geschickt. Sie kennen das ja – ordentliche Abfindung, und tschüss! Aber uns war es recht. Haus verkauft, raus

aus dem Ballungsraum und rein in den Schwarzwald. Meine Frau und ich finden es hier einfach paradiesisch. Ist doch toll, wenn man gesund bleiben darf und seinen Ruhestand in einer so tollen Urlaubslandschaft genießen kann.«

Wilfried Harter strahlte Gesundheit, Gelassenheit und Wohlstand aus. Ganz eindeutig. Lindt nickte. »Wir beide müssen noch ein paar Jährchen da unten in Karlsruhe durchhalten, aber Sie haben recht. Lebensabend im Schwarzwald wäre auch ganz nach meinem Geschmack.«

Harter lachte: »Karlsruhe: im Sommer Bruthitze und Schnaken, im Winter Nebel und Smog. Nein, da würde ich nicht freiwillig bleiben.«

Wellmann mischte sich ein: »Ganz so schlimm ist es ja nun wirklich nicht. Karlsruhe hat auch seine schönen Seiten.«

»Natürlich. Wir fahren ab und zu mit der gelben Bahn runter. Wunderbar bequem bis mitten in die Stadt rein. Wenn ich dann aber sehe, welche Gestalten da rumlaufen … Nein, nichts mehr für uns. Ein Tag Großstadt ist ab und zu mal recht, doch am Abend wir sind immer froh, wenn wir wieder zurück sind.«

»Tja«, meinte Lindt, »diese Gestalten, wie Sie so schön treffend sagen, die sind unsere tägliche Kundschaft.«

»Hier oben ist die Welt noch in Ordnung. Da gibt es vielleicht ein paar Wenige, die neben der Spur laufen, aber im Großen und Ganzen sind die Leute ganz okay.«

»Bis auf die BLUTSPECHTE«, stellte Lindt fest. »Deswegen kommen wir auch vorbei. Überlegen Sie doch mal bitte. Haben Sie irgendwelche Beobachtungen gemacht, die uns weiterhelfen könnten? Gab es etwas, das Ihnen merkwürdig vorkam?«

Wilfried Harter dachte einen Augenblick lang nach, dann lachte er wieder. »Also das Einzige, was uns aufgefallen ist, das waren zwei Männer auf einer Bank. Einer davon hat mächtige Rauchwolken ausgestoßen!«

Lindt grinste: »Pfeife ist nicht mehr in Mode, ich weiß schon. Damit ist man heutzutage fast ein Exot. Aber wenn es für Sie angenehm riecht, stopfe ich mir gerne eine.«

Harter winkte ab: »Das Rauchen hab ich mir schon vor 40 Jahren abgewöhnt. Danke, danke!«

Unverrichteter Dinge zogen Paul und Oskar weiter. »Auch den können wir abhaken. Jetzt bleibt nur noch dieser Holzhändler in Obertal.«

»Sollen wir den wirklich befragen?«, zweifelte Wellmann. »Der hatte bestimmt beruflich dort zu tun. Im Hotel waren doch eine ganze Reihe von Sägewerkern zu einer Besprechung zusammengekommen. Sicherlich auch dieser … wie heißt er noch mal?« Lindt reichte ihm die Liste. »Ja genau, dieser Richter, Reinhard Richter, Firma Richter Rundholz.«

»In der Lagebesprechung gestern gab es dazu aber keine Aussage«, überlegte Lindt. »Oder hast du was anderes im Kopf?«

»Na ja, unsere Jungs von der Bereitschaftspolizei haben halt jeden Säger gefragt, was er auf dem Schliffkopf zu suchen hatte. Sicherlich wurde aber nicht nachgehakt, ob auch ein Reinhard Richter dabei war.«

»Egal«, sagte Lindt. »Bis Obertal ist es nur ein Katzensprung. Wir fahren trotzdem hin.«

10

Beim Eintreffen staunten sie nicht schlecht. »Genau neben dem Förster«, stellte Wellmann fest, als sie ausgestiegen waren und das stattliche Anwesen von *Richter Rundholz* betrachteten.

»Ist mir neulich schon aufgefallen«, meinte Lindt. »Auch ein Holzhaus, nur eben doppelt so groß. Da kannst du mal wieder den Unterschied zwischen öffentlichem Dienst und Privatwirtschaft sehen. Eigentlich arbeiten doch beide in derselben Branche.«

»Oskar, kein Neid. Wir Beamte – und Förster Schwarz ist schließlich auch einer – haben wenigstens einen sicheren Arbeitsplatz. Unsere Firma kann zum Glück nicht bankrottgehen. Bei den Sägewerken sieht es da im Moment nicht so rosig aus, wie man hört.«

»Stimmt. Die Großen sägen Holz auf Teufel komm raus, und die Kleinen mit ihrer alten Technik sind nicht mehr konkurrenzfähig. Dabei kann es natürlich auch einen Händler erwischen.«

Wellmann überlegte: »Siehst du darin ein Motiv?«

»Du meinst, wegen der Holzmenge, die zukünftig in der Region fehlt, weil im Nationalpark nichts mehr eingeschlagen wird?«

»So wurde doch immer argumentiert.«

Lindt schüttelte den Kopf. »Ich hab's doch neulich in der Besprechung schon gesagt. In den ersten Jahren werden auch im Nationalpark noch Bäume gefällt. Vor allem Fichten, weil die eigentlich nicht hierher gehören.«

»Komm«, meinte Paul Wellmann und ging zur Haustür mit dem Firmenschild *Richter Rundholz*. »Fragen wir doch den Fachmann selbst, wie er das sieht.«

Er drückte auf den goldglänzenden Messingknopf neben der breiten massiven Eichentür, deren Einlagen wie die Strahlen einer Sonne gearbeitet waren.

Er drückte mehrfach, doch niemand öffnete.

»Tja«, hob Oskar Lindt die Schultern. »Der Firmenchef ist wahrscheinlich beruflich auf Achse. Am Montag Schliffkopf, heute vielleicht Südschwarzwald, Pfalz oder Frankreich.«

Er nahm sein Smartphone aus der Tasche und stellte eine Internetverbindung her. »Diese Firma hat doch garantiert eine Homepage.«

Es dauerte einige Zeit, dann schüttelte Lindt den Kopf. »Fehlanzeige. Nur der normale Eintrag im Telefonbuch. Nicht mal eine Handynummer.«

»Kannst ja trotzdem anrufen«, meinte Paul. »Vielleicht hat er eine Weiterschaltung.«

Lindt wählte die Nummer. »Anrufbeantworter«, sagte er kurz und hörte weiter zu, dann wurde er blass. »Für 14 Tage im Urlaub! Was soll denn das bedeuten?«

Wellmann schaute irritiert: »Urlaub? Echt? Nicht etwa geschäftlich unterwegs?«

»Vielleicht hat er einen Mitarbeiter, der ihn vertritt?«

Lindt nahm erneut die Liste zur Hand. »Kann sein.

Der Wagen ist auf die Firma zugelassen, aber das muss nichts heißen. Wir sollten der Sache auf den Grund gehen.«

»Am besten klingeln wir nebenan. Den Friedbert Schwarz kennen wir ja bereits.

»Ach!« Lindt stemmte die Hände in die Hüften. »Jetzt plötzlich willst du doch die Nachbarn fragen. Aber in Ordnung. Vermutlich ist das der schnellste Weg, um Klarheit zu bekommen.«

Sie mussten sich gar nicht bis zur Haustür bemühen, denn Förster Schwarz hatte die Kommissare bereits bemerkt und kam ihnen entgegen.

»Gibt es Neuigkeiten?«, wollte er wissen.

»Nicht direkt«, antwortete Lindt. »Sie haben ja sicherlich mitbekommen, dass es einen erneuten Anschlag gab.«

»Die Biologin, eine Holländerin, ja, nimmt das denn gar kein Ende?«, fuhr sich Schwarz durch die Haare. »Weiß man, wie es ihr geht?«

»Wenn ich die Pressemitteilung richtig im Kopf habe, ist sie zwar um Haaresbreite mit dem Leben davongekommen, und ihr Bein konnte auch gerettet werden, aber möglicherweise wird sie nie wieder richtig gehen können.«

»Ein Schuss von hinten durch das Knie, so habe ich zumindest im NAZ oben gehört. Das Gelenk ist garantiert hinüber«, sagte der Förster.

»Muss ein extrem guter Schütze sein. Könnten Sie auch auf 130 Meter ein so kleines Ziel treffen?«

»Einfach ist das nicht. Geht nur mit einer absolut festen Auflage.«

»Kaliber .223 und Vollmantelgeschoss. Fällt Ihnen dazu was ein?«

».223? Die NATO-Patrone? Wird doch seit einiger Zeit vom Militär verwendet. Hat ja nur knapp 5,6 Millimeter. Es gibt auch Jagdpatronen in diesem Kaliber. Für meinen Geschmack aber viel zu dünn. Stricknadel sagen wir im Kollegenkreis dazu. Für Rehe geht's ja noch, aber auf Rot- und Schwarzwild ist die .223 schon gar nicht mehr zugelassen. Ich nehm lieber die gute alte 8x57.«

»Acht Millimeter Geschossdurchmesser?«

»Ja, das reicht auch, wenn mal ein Hirsch vorbeikommt.« Dann überlegte Schwarz. »Aber Vollmantel? Das ist eigentlich gar kein Jagdgeschoss. Die Kugel pfeift ja nur durch, ohne sich zu zerlegen und ohne viel Energie abzugeben. Das könnte irgendeine Matchlaborierung sein.«

»Nur für Wettkämpfe auf dem Schießstand, meinen Sie?«

»Jagdlich höchstens auf Fuchs und Hase. Kleines Loch links, kleines Loch rechts. Damit ist beim Fuchsbalg und beim Hasenbraten nicht viel zerschossen.«

»Für das Knie der Biologin hat es jedenfalls gereicht«, resümierte Lindt und kam dann zur Frage: »Wir sind hier, weil wir Ihren Nachbarn etwas fragen wollten. Es macht aber niemand auf.«

»Der Richter? Vor einigen Tagen ist er mit seinem Campingbus in Urlaub gefahren. Dolomiten, hat er meiner Frau erzählt. Sicherlich sucht er wieder neue Herausforderungen für sich und sein Mountainbike. Ist schon ein echter Extremsportler.«

Lindt überlegte kurz, dann fragte er vorsichtig weiter. »Campingbus, sagen Sie. Hat er nicht auch so einen kleinen schwarzen Geländewagen?«

»Schwarz schon, aber klein ist der nicht. BMW X3, ein ordentlich großer Karren. Steht in der Garage. Dort durch das Fenster können Sie einen Teil davon sehen.«

»Ich dachte eher an einen Suzuki, so wie Ihrer.«

»Jimny? Nein, hat er keinen.«

»Vitara, älteres Modell?«

Friedbert Schwarz hob die Schultern. »Hab ich noch nie bei ihm gesehen, keine Ahnung. Aber der Richter ist ja oft tagelang gar nicht hier. Vielleicht irgendwo im mittleren Schwarzwald zum Jagen.«

»Ach, der ist auch Jäger?«, wunderte sich der Kommissar.

»Angeblich hat er sogar eine eigene Jagd gepachtet, von seinem Vater übernommen. Aber ich weiß nichts Näheres. Wir sind zwar Nachbarn, aber sehr gesprächig ist er nicht. Zwar nicht unfreundlich, aber immer nur das Nötigste. Irgendwie werde ich aus dem nicht schlau.«

»Kauft der kein Holz bei Ihnen?«

»Grad das meine ich ja. Noch keinen einzigen Stamm hat er bei uns übernommen. Ich weiß überhaupt nicht, wo er seine Lieferanten hat. Vor Jahren hab ich ihn mal drauf angesprochen, aber da hat er mir eine derart kurze und einsilbige Antwort gegeben, dass ich es danach lieber gelassen habe.«

Auf der Straße näherte sich ein auffallend lautes Fahrzeug. Der Förster und die Kommissare drehten automatisch ihre Köpfe und betrachteten den alten roten Traktor mit Zweiachshänger, der langsam an Ihnen vorbeifuhr. Freundlich grüßte der Fahrer herüber und hob seinen breitkrempigen Strohhut hoch in die Luft. Friedbert Schwarz winkte lachend zurück. »Da fährt er wieder, unser Gottle.«

»Den kenn ich doch«, überlegte Lindt. »Irgendwo hab ich ihn schon mal gesehen.«

»Der Gaiser«, klärte ihn Friedbert Schwarz auf. »Gottfried Gaiser, oberster Hasenzüchter von Obertal.«

»Und Hausmeister auf dem Ruhestein«, ergänzte Paul Wellmann. »Nach der Explosion haben wir mit ihm gesprochen.«

»Richtig! Hat gelöscht wie ein Weltmeister. Dem ist es doch zu verdanken, dass die alte Villa nicht zu brennen begonnen hat.«

Schwarz nickte: »Er ist die gute Seele vom NAZ und nach Feierabend hält er hier das Tal sauber. Der kann nicht nur löschen, sondern auch mähen wie ein Weltmeister. Immer von Hand mit seiner Sense. Unglaublich, was der Gottle so wegschafft. Der macht allen Jungen noch was vor.«

»Gottle?«, fragte Lindt.

»Ja, so heißt er schon immer. Eigentlich Gottfried, aber wenn man im Obertal vom Gottle spricht, weiß jeder, wer gemeint ist. Jetzt fährt er dort hinten zum Waldrand und holt sein Heu heim.«

Versonnen schauten die drei dem langsamen Gefährt nach, bis es um die nächste Kurve verschwunden war. Dann wandte sich Lindt zu Wellmann: »Sag mal, Paul, war nicht für alle NAZ-Mitarbeiter eine Bewachung angeordnet?«

Friedbert Schwarz grinste: »Das hat der Gottle genauso abgelehnt wie ich auch. Vor ein paar Tagen ist er deswegen extra hier abgestiegen. Das hätt mir grad noch gefehlt, hat er gemeint. Ein Polizist mit der MP auf meinem Heuwagen. Da tät ja ganz Obertal drüber lachen.«

»Das wundert mich aber«, meinte Lindt und zog die Stirn in Falten. »Nach all dem, was vorgefallen ist.«

»Ich könnte das auch nicht brauchen«, antwortete Schwarz. »Einer, der bei meiner Arbeit im Wald die ganze Zeit mitläuft. Nein, wie soll das denn gehen? Und außerdem werde ich ja bestimmt nicht noch ein zweites Mal zur Zielscheibe.«

Lindts Gesichtsausdruck verriet nichts Gutes. »Nehmen Sie das bloß nicht auf die leichte Schulter. Ich an Ihrer Stelle wäre nicht so leichtfertig. Denken Sie doch an die Familie.«

Schwarz machte eine wegwerfende Handbewegung. »Bald krieg ich wieder einen Hund. Dieses Mal nehm ich wahrscheinlich einen Deutsch-Drahthaar, einen richtig großen. Der wird dann mein Bewacher.«

Oskar Lindt musterte ihn von oben bis unten. »Meinen Sie, so ein scharfer ›Leibverreißer‹ passt zu Ihnen? Dafür sind Sie doch gar nicht der Typ.«

Schwarz lachte hell auf. »Wie haben Sie gesagt? Ein ›Leibverreißer‹? Einer, der gleich alles zerfleischt? Nein, nein, familientauglich muss er natürlich sein. Aber trotzdem soll er sich nicht von jedem streicheln lassen so wie der Alf. Der war einfach zu gutmütig.« Dann stockte er. »Ja, der Richter, der hat den Alf auch immer getätschelt. Das hat mir eigentlich nicht gepasst, aber an dem Hund hatte er anscheinend einen Narren gefressen.«

»Wobei wir wieder beim Thema wären«, überlegte Paul Wellmann. »Gibt es eigentlich Mitarbeiter in der Firma Richter Rundholz?«

Friedbert Schwarz schüttelte den Kopf. »Nein, ist mir nicht bekannt. So jemand hätte doch hin und wieder bei ihm vorbeikommen müssen. Aber außer seiner Lebensgefährtin, die er vor einiger Zeit rausgeworfen hat, ist nie jemand zu ihm ins Haus reingegangen.«

»Lebensgefährtin? Wissen Sie, wie die heißt?«

Der Förster überlegte. »Mit der Letzten war er fast ein Jahr zusammen. Dann hat's ihm wohl wieder mal gereicht. In der Vergangenheit war öfter Schichtwechsel dort drüben. Irgendwie hat es der Kerl mit keiner Frau lange ausgehalten. Aber einen Namen? Lassen Sie mich mal nachdenken. Nein, keine Ahnung wie die geheißen hat.«

»Können Sie sie beschreiben?«

»Vom Typ her waren seine Freundinnen alle gleich.

Ziemlich groß und ziemlich sportlich. Meine Frau sagt immer, der stößt die Weiber ab, wenn sie ihm auf dem Fahrrad nicht mehr nachkommen.«

Lindt und Wellmann schmunzelten. »Auch eine Art der biologischen Selektion«, meinte Paul. »Survival of the fittest – moderner Darwinismus.«

»Warten Sie«, sagte Schwarz. »Ich glaube, ich erinnere mich noch an das Auto seiner letzten Flamme. Rotes Cabrio, ein Audi, Zweisitzer, ein TT. Ja genau, und das Kennzeichen hatte auch das TT drin. OG-TT 666. Eine aus dem Badischen, aus der Ortenau.«

»Und 666, the number of the beast«, ergänzte Wellmann.

»Was?«, fuhr Lindt herum. »The number of what?«

»The beast. Kennst du das nicht, Oskar? 666 steht für den Teufel.«

»Also jetzt mach mal halblang, Paul. Und außerdem, wenn hier einer der Teufel ist, dann bestimmt nicht Richters Freundin, die er …«

»Genau«, lachte Wellmann, »die er zum Teufel gejagt hat.«

In diesem Moment fiel ein Schuss!

Friedbert Schwarz und die Kommissare fuhren zusammen.

Der Förster zeigte die Richtung. »Kam vom Gemeindewald, dort hinten im Tal. Dem Knall nach keine große Kugel. Bestimmt der Jagdpächter. Der schießt ein kleines Kaliber. Ich hab ihn vor einer guten Stunde vorbeifahren sehen.«

»Ich weiß, wer noch so ein kleines Kaliber schießt!«, rief Lindt aus und rannte zum Wagen. »Los, Paul, schnell!«

Oskar Lindt startete den Motor, riss den Hebel der Automatik auf D und drückte das Gaspedal voll durch. Paul Wellmann schaffte es gerade noch, die Tür zu schließen, da schoss der Citroën mit quietschenden Reifen davon. Förster Friedbert Schwarz blieb kopfschüttelnd zurück.

Mit maximalem Tempo rasten die beiden Karlsruher Kommissare in die Richtung, aus der sie den Schuss vernommen hatten. »Nicht so schnell«, mahnte Paul Wellmann. »Wenn hier ein Kind aus dem Hof kommt.«

Oskar drosselte das Tempo etwas. Nach den letzten Häusern gabelte sich das Sträßchen. Lindt stieg voll in die Eisen. »Mist!«, schimpfte er. »Wohin jetzt?«

»Erst mal nicht so hektisch«, antwortete Paul. »Glaubst du wirklich, dass ausgerechnet jetzt einer auf den Traktorfahrer geschossen hat? Der Förster hat doch gesagt …«

»Ach was!«, rief Lindt aus. »Der Förster heißt Friedbert, der glaubt an das Gute. Wir wissen es besser. Das war der BLUTSPECHT! Mann, und wir sind fast dabei. Den müssen wir kriegen!«

»Dann fahr rechts«, sagte Paul. »Dort hinten sehe ich etwas Rotes.«

Ohne nachzudenken, bog Lindt ab und drückte wieder aufs Gaspedal. Tatsächlich leuchtete es am Waldrand rot. Oskar hielt voll darauf zu. »Ich kann aber nicht recht erkennen, was das sein soll.«

Der rote Fleck wurde größer und größer. Lindt kniff die Augen zusammen. »Ist das wirklich der Traktor?« Plötzlich trat er so heftig auf die Bremse, dass Paul nach vorne geschleudert wurde und gegen das Handschuhfach flog. »Mensch, pass doch auf!«

»Scheiße«, rief Lindt. »Das ist kein Traktor. Das ist ein Brennholzstapel, zugedeckt mit einer roten Plane!« Dann riss er den Schalthebel auf R und schlug voll ein. Der Citroën machte einen Satz rückwärts in die Wiese.

»Vorsicht!«, schrie Wellmann. »Sumpfig!«

Zum Glück standen die Vorderräder noch auf dem Asphalt. Lindt kurbelte hektisch am Lenkrad und fuhr wieder vorwärts. Im Rückspiegel sah er die tiefen Gräben, die die Hinterräder in der nassen Wiese hinterlassen hatten. »Uff, Glück gehabt«, schnaufte er durch und fuhr zurück zur Abzweigung.

»Achtung, da kommt einer!«, rief Paul und klammerte sich am Türgriff fest.

»Immer diese Touristen«, moserte Oskar Lindt und ließ das gemächlich heranrollende Wohnmobil passieren. Dann gab er wieder Vollgas.

300 Meter weiter sahen sie erneut rot. Dieses Mal eindeutig der Traktor auf der Wiese oben am Waldrand, ein gutes Stück von der Straße entfernt. Lindt hielt an und sprang aus dem Wagen. Das Tuckern des alten Dieselmotors war deutlich zu hören. »Der fährt noch«, rief Paul Wellmann.

Tatsächlich bewegten sich Schlepper und Heuwagen im Zeitlupentempo vorwärts.

»Los«, schrie Lindt, »fällt dir nichts auf? Komm!« Dann spurtete er, so schnell es seine Leibesfülle zuließ, den Hang hoch über die kurz gemähte Wiese in Richtung des Gespanns. Auf halbem Weg blieb ihm die Luft weg. Lindt musste stehen bleiben. Er war so außer Atem, dass er kein Wort herausbrachte, doch Paul, der ihn inzwischen eingeholt hatte, verstand, worauf Oskar zeigte. Der Schlepper fuhr alleine, ohne Fahrer! Ganz langsam zwar, wohl im Kriechgang, aber stetig leicht bergan auf der lang gezogenen Wiese.

Paul Wellmann rannte weiter. Nach wenigen Sekunden hatte er die Maschine erreicht. Ganz gemächlich zuckelte das Fuhrwerk vorwärts. Paul sprang auf und drückte Kupplung und Bremse. Der Motor starb ab. Das Fahrzeug stand. Er atmete auf.

Dann schaute er sich um. Wo war Oskar? Von weit hinten kam ein Schrei: »Hierher! Paul!«

Wellmann drehte sich auf dem Schleppersitz um. Im Laufschritt eilte sein Kollege in die Richtung, aus der das Traktorgespann gekommen war. Paul stieg ab und sah, wie sich Oskar auf die Knie fallen ließ. Irgendetwas lag dort im Gras. So schnell er konnte, lief Wellmann in die Richtung. Er bemerkte erst den Strohhut, dann den Mann, über den sich Lindt beugte. Auf dem Rücken liegend, Arme und Beine ausgestreckt. Blut sickerte aus Mund und Nase und aus einer kreisrunden Wunde in der Stirn.

»Zu spät«, flüsterte Oskar Lindt. »Wir hätten ihm gleich hinterherfahren sollen. Ruf an.« Dann flossen ihm dicke Tränen über das Gesicht.

Drei Tage nach dem Schuss auf die Biologin hatte der BLUTSPECHT erneut zugeschlagen. Wieder lief die Polizeimaschinerie an. Das ruhige obere Murgtal hallte von den unzähligen Sirenen der Einsatzfahrzeuge wider. Innerhalb einer halben Stunde nach Paul Wellmanns Anruf wimmelte es am Tatort von uniformierten und nichtuniformierten Beamten. Noch vor den ersten Streifenwagen waren Notarzt und RTW aus dem nahen Baiersbronn eingetroffen, doch auch sie kamen zu spät. Der Mediziner legte tröstend den Arm um die Schulter des grauhaarigen Kommissars, der fassungslos im Gras neben dem Toten saß. »Ich habe es gespürt«, stammelte Lindt ein ums andere Mal. »Ich hab's gefühlt, als er an uns vorbeigefahren ist. Und ich hab nicht auf meine innere Stimme gehört.« Der Arzt sagte nichts und blieb einfach neben Oskar Lindt sitzen. Alle anderen hielten respektvoll Abstand. Selbst Franz-Otto Kühn kam nicht näher, sondern blieb bei Paul Wellmann stehen.

Lindt und der Notarzt standen erst auf, als sich die weiß verhüllten Kollegen der Spurensicherung näherten. Langsam entfernten sie sich von der Stelle, an der Gottfried Gaisers Leben ein jähes Ende gefunden hatte. Der Kommissar schaute weder nach links noch nach rechts und ging Schritt für Schritt durch das gut getrocknete Heu nach unten zur Straße. Wellmann und Kühn folgten ihm.

Das erste Polizeifahrzeug, an dem er vorbeikam, war ein Kleinbus. Lindt öffnete die Schiebetür, setzte sich auf die Rückbank, stützte die Ellenbogen auf den Tisch und hielt seine Hände vors Gesicht.

»Versagt«, sagte er, als Wellmann und Kühn zu ihm einstiegen. »Er könnte noch leben. Ich hab versagt.« Oskar Lindt war am Boden zerstört.

Plötzlich aber riss er die Augen auf. »Paul, das Wohnmobil! Hast du schon …?«

Wellmann legte seine Hand auf die von Lindt. »Als Erstes, Oskar. Hab ich sofort durchgegeben. Weiß, Alkoven, Kölner Nummer.«

»Der Mann war grau. Hast du das auch …?«

»Beruhige dich, Oskar. Vollbart, Trenkerhut, das ist mir aufgefallen. Alles in Grau. Der kann nicht weit kommen. In Baiersbronn und am Ruhestein sind die Straßen dicht. Aus dem Tal kommt er nicht raus.«

»Bereitschaftspolizei ist im Wald unterwegs, und einen Hubschrauber haben wir auch angefordert«, ergänzte Kripochef Kühn. »Wir kriegen ihn, ganz bestimmt. Unser Netz ist dicht.«

Reinhard Richter saß erneut in der Klemme. Das wurde ihm voll bewusst, als er den schnell heranfahrenden dunkelroten Citroën mit Karlsruher Nummer sah. Zwei Männer drin – das konnte nur eines bedeuten: Polizei! Verdammt, wo kamen die jetzt schon wieder her? Gerade eben war er sich noch so sicher gewesen. Niemand in Sichtweite – keine Bewacher weit und breit – ein einziger präziser Schuss – den Gaiser katapultierte es vom Traktorsitz – das Gespann zuckelte weiter – Fenster schließen – Fahrzeug starten und los! Besser hätte es gar nicht klappen können. Und jetzt das! Wieso waren die hier? Hatten die den Schuss gehört? Gott sei Dank, sie hielten an und ließen ihn vorbeifahren. Sein Unterbewusstsein gab instinktiv die richtigen Befehle: kein Blickkontakt und betont langsam fahren! Du bist gut getarnt. Voll auf Rentner-Touri machen!

Jetzt hatte er noch maximal zehn Minuten, um seinen Kopf aus der Schlinge zu ziehen. Wohin? Talab nach Baiersbronn oder hinauf zum Ruhestein? Nein, die Durchgangsstraße würde weiträumig abgesperrt werden. Mit dem Wohnmobil gab es kein Entrinnen, auch nicht über irgendwelche Waldwege. Sollte er kontrolliert werden, saß er in der Falle! Die beiden Polizisten hatten sicherlich eins und eins zusammengezählt und sofort eine Fahndung nach dem einzigen Fahrzeug veranlasst, das aus Richtung Tatort gekommen war. Damit musste er auf jeden Fall rechnen. Also raus aus dem Wagen! Aber wo abstellen? Er fuhr instinktiv in Richtung Mitteltal. Der Parkplatz beim Schwimmbad? Nein, da wäre er von der Straße aus zu sehen. Weiter in den Ort rein und dann links. Genau, bei der Weisenbachhalle. Richter stellte das Wohnmobil ganz nach hinten. Ein paar kleinere Bäume und Büsche gaben ihm etwas

Schutz. Dadurch hatte er wenigstens ein paar Minuten Zeitvorteil.

Hut ab, Bart ab, Kleiderwechsel. Innerhalb kürzester Zeit wurde aus dem behäbigen Rentner wieder der drahtig-schlanke Biker. Funktionsbrille, Fahrradhelm, Handschuhe – fertig.

Jetzt noch sein Gewehr. Sollte er es zurücklassen? Nein, keinesfalls. Auch wenn der Wechsellauf illegal war, der Rest des Gewehrs trug die Waffennummer, unter der es registriert war. Also zerlegen und ab in den Rucksack. Der dicke Islandpullover umhüllte es perfekt.

Kennzeichenwechsel? Nein, wer ihn dabei zufällig beobachtete, würde sofort Verdacht schöpfen. Er öffnete die Tür und zog sie gleich wieder zu. Schon hörte er die Martinshörner. Halt – das Wichtigste – fast vergessen: Er angelte sein Smartphone aus der Hosentasche und nahm den Akku heraus – keine Ortung mehr möglich.

Jetzt aber raus aufs Bike und los! Gesucht würde ein WoMo mit einem grauen Rentner am Steuer – das war seine Chance.

Er trat in die Pedale und fuhr runter zur Ruhesteinstraße. Von links kamen zwei zivile Pkws mit aufgesetzten Blaulichtern. Tatütata, ja, hier bin ich! Fangt mich doch, ihr kennt mich nicht, ihr kriegt mich nicht!

Richter überquerte die Straße, fuhr links, dann wieder rechts. Ellbachstraße, genau, so könnte er entkommen. Plötzlich wurde ihm schlagartig klar, dass er jetzt alles verloren hatte. Sein Haus, seine Firma, seine ganze Existenz!

Wenn sie das Wohnmobil fänden, würden sie beim Verleiher nachfragen und hätten seinen Namen. Warum hatte er sich nicht die Mühe gemacht, falsche Papiere zu organisieren? Verdammt, wie konnte er nur so unvorsichtig sein? Warum hatte er nicht ein paar Kilometer entfernt geparkt und war mit dem Fahrrad zum Waldrand gefahren? Wie schnell würden sie von seinem Jagdhaus im Hinterlehengericht erfahren? Von dort konnte er mit dem Campingbus fliehen. Ob er es schaffen würde, vor der Polizei dort zu sein? Mehr als 50 Kilometer mit dem Rad, das waren deutlich mehr als zwei Stunden. Auf Schleichwegen sicherlich das Doppelte. Oder sollte er doch über Baiersbronn fahren und die Bundesstraße nehmen? Nein, er musste unsichtbar bleiben. Wenigstens hatte er die leichte Tarnkleidung im Rucksack. Solange er im Wald blieb, war das eine reale Chance.

Er entschied sich dafür, am Ellbach entlang und dann hoch zum Kniebis zu fahren. Diese Strecke wurde von vielen Urlaubern benutzt. Das war die Möglichkeit, unauffällig wegzukommen. Er fühlte das Adrenalin in seinem Blut. Das Fluchthormon gab ihm maximale Kraft! Schon den Steinzeitmenschen hatte es Flügel verliehen, um vor dem Säbelzahntiger wegzurennen. Wie eine Maschine trieb er sein Bike das leicht ansteigende Sträßchen entlang. Mehrere Wanderer begegneten ihm, aber die beachtete er nicht, schaute stur geradeaus und trat mit ganzer Power in die Pedale.

An einem Brunnen füllte er seine Wasserflasche und auch am See stieg er kurz ab, um sich zur Kühlung etwas

Wasser ins Gesicht zu werfen. Er hob seinen Kopf. Ja, dort hoch musste er noch. Den Hauptanstieg hatte er jetzt unmittelbar vor sich. Oben an der Hangkante erkannte er die neue imposante Aussichtsplattform. Erst in diesem Jahr ganz aus Douglasienholz für mehr als 100.000 Euro gebaut, ragte sie weit in die Luft hinaus und bot einen herrlichen Ausblick. Vom Kniebis aus auf bequemen ebenen Wegen sogar für Rollstuhlfahrer zu erreichen. Ellbachseeblick, barrierefrei im Schwarzwald!

Wenn er dort war, hatte er es geschafft. Danach ging es fast immer nur bergab.

Keine Zeit verlieren! Schneller sein als die Polizei. Der BLUTSPECHT stieg wieder auf und nahm die Steigung in Angriff. Gut, dass er in körperlicher Topform war. Auch, wenn er jetzt alles verloren hatte, ihn selbst würden sie nicht kriegen. Seine Freiheit konnte ihm keiner nehmen. Sein Kopf steckte noch nicht in der Schlinge. Tief gebeugt auf dem Rad strampelte er mit voller Kraft bergauf. Höchst konzentriert gab er das Maximum. Plötzlich war da ein Geräusch. Brummend – ein Motor! Knirschend – die Reifen auf dem Schotter. Er sprang ab, schnappte das Bike und machte einen Satz die steile Böschung hinunter. Vier Schritte, dann duckte er sich hinter ein paar dichten jungen Fichten, warf sich zu Boden. Gerade noch rechtzeitig, denn schon fuhr das Auto oben auf dem Weg vorbei. Ein VW-Transporter, Doppelkabine, Weiß mit Grün. Richter atmete auf. Er kannte diese ForstBW-Fahrzeuge. Waldarbeitertransport.

Los, weiter! Doppelt aufmerksam!

Wie lange war er gefahren, seit er das Wohnmobil zurückgelassen hatte? Eine Stunde? Nein, nicht ganz. Hatten sie den Wagen schon gefunden? Nicht unbedingt. Der Parkplatz lag ja einigermaßen abseits. Bestimmt warteten sie immer noch an den Straßensperren, dass er ihnen in die Falle ginge – ha, nicht mit ihm!

Eine Viertelstunde später erreichte er die Ebene. Geschafft! Nur noch ein kurzes Stück bis zur Plattform. Immer, wenn er dort vorbeikam, waren Leute da. Meistens ganze Gruppen. Wanderer, Spaziergänger, Radfahrer. Eine gute Möglichkeit, sich zu tarnen. Tatsächlich – auch heute war die neue Attraktion gut besucht. Richter nahm sein Bike mit und stellte es ans Geländer. Er setzte sich daneben auf eine der Bänke. Erst mal verschnaufen!

Der BLUTSPECHT ließ sich nach hinten kippen. Praktisch, dass man sich sogar hinlegen konnte. Er schaute nach oben. Blau, wolkenloses Blau, ringsum von den Gipfeln der hohen Fichten bekränzt. Paradiesisch!

Leider würde sein Paradies in der Zukunft woanders sein. Hier in der Heimat konnte er nun nicht mehr auftauchen. Damit war auch seine Mission verloren. Der Traum, den Nationalpark noch in letzter Minute verhindern zu können – ausgeträumt. Ende, Schluss, finito! Der BLUTSPECHT musste jetzt zum Zugvogel werden. Nie mehr konnte er in seine heimische Spechthöhle zurückkehren.

War es das wert gewesen? Alles aufs Spiel zu setzen, um gegen einen übermächtigen Staat zu kämpfen?

Chancenlos? Von vorneherein zum Scheitern verurteilt? Hatte er sich blind in eine irrsinnige Idee verbohrt?

Kopflos wie ein Grünspecht, der sich auf der Suche nach den schmackhaften Larven in den Ameisenhaufen hineinhackt und den anschleichenden Fuchs nicht bemerkt?

Unvorsichtig wie ein Schwarzspecht, der aus seiner Höhle startet und direkt davor vom Habicht gegriffen wird?

Unaufmerksam wie ein Buntspecht, der sich einen Zapfen in die Spechtschmiede klemmt, ihn der Samen wegen aufmeißelt und dabei vom Marder überrascht wird?

Sie werden mich identifizieren. Sie werden nach mir fahnden. Deutschlandweit, europaweit. Reinhard Richter, gesucht wegen Mordes an Gottfried Gaiser und wegen … und … und … und!

Mein Bild – übergroß in den Medien, in den Zeitungen, im Fernsehen. Mein Haus werden sie auf den Kopf stellen. Mein Jagdhaus werden sie finden und auch den blauen Bus.

Nein, mein Versteck ist keine Option mehr. Zu gefährlich, dahin zu fahren. Bald warten sie dort auf mich. Liegen im Hinterhalt, schwarz getarnt und bis an die Zähne bewaffnet.

Weg, weit weg, schnell weit weg!

Aber nicht überstürzt, nicht gedankenlos, nicht blindlings!

Er schrak zusammen. Sein Puls schoss in die Höhe.

War da in der Ferne ein Knattern in der Luft? Richter setzte sich auf und ging eilig zur vorderen Brüstung, hoch über dem Abgrund. Suchend schaute er sich um. Tief unten der fast zugewachsene See, dann das malerische Ellbachtal bis vor nach Mitteltal. Er erkannte den Kirchturm. Ebenso, aber viel weiter entfernt, den Sendeturm der Hornisgrinde und die Schwarzwaldhochstraße mit dem Schliffkopfhotel, auf der rechten Seite die Windräder von Simmersfeld am Horizont.

Doch woher kam das Geräusch? Ein Hubschrauber? Rettung oder gar ein Polizeiheli? Der Krach schwoll an. Ja, von hinten, aus Richtung Kniebis! Richter drehte sich um, und genau in diesem Moment schoss der Riesenvogel ganz niedrig über den Baumwipfeln heran, direkt über die Aussichtsplattform hinweg und verschwand nach links. Dorthin, wo Obertal lag, verborgen hinter den nächsten Höhenzügen.

Richter schauderte, obwohl es selbst hier oben noch ganz angenehm warm war. Sie machten Jagd auf ihn. Treibjagd auf den BLUTSPECHT!

Wenn der Hubschrauber zum Einsatz kam, dann vermuteten sie ihn noch hier, verborgen irgendwo in den dichten Wäldern. Es konnte ein gutes Zeichen sein, dass der Heli nach Obertal flog. Wenn sie dort suchten, war das Wohnmobil noch nicht entdeckt worden. Sein Herzschlag wurde etwas langsamer. Er hatte wieder einmal Glück, unverschämt viel Glück.

Richter wusste nicht, dass der Polizeihubschrauber mit dem Funkrufnamen *Bussard* nur kurz in der Nähe des Tatorts zu Boden ging.

Er wusste nicht, dass die Landung lediglich wegen einer schnellen Lagebesprechung geschah.

Er wusste nicht, dass eine Streife der Bereitschaftspolizei das Wohnmobil schon vor einer halben Stunde gefunden hatte.

Er wusste nicht, dass der Wagen jetzt bereits intensiv von der Kriminaltechnik untersucht wurde.

Er wusste nicht, dass die »Soko BLUTSPECHT« schon eine Fülle von Informationen über ihn besaß.

Er wusste nicht, dass dazu auch die Fahrerin eines roten Sportflitzers aus dem Ortenaukreis maßgeblich beigetragen hatte.

Er wusste nicht, dass im Kreis Rottweil mehrere Fahrzeuge der dortigen Kriminalpolizei auf dem Weg zum Jagdhaus waren.

Er wusste nicht, dass die Staatsanwaltschaft schon eine richterliche Anordnung zur Durchsuchung seiner Häuser erwirkt hatte.

Der BLUTSPECHT fühlte sich immer noch sicher. Hier, zwischen all den Leuten, hoch über dem Ellbachsee, auf der neuen gigantischen Holzplattform, von wo aus er alles überblicken konnte.

Immer noch stand er vorne am Geländer und schaute abwechselnd in die Tiefe und dann wieder in die Ferne. Rings um ihn herum wechselten die Besucher nach und nach. Familien mit Kindern, Rentnerpärchen, Aktivurlauber mit Nordicwalkingstöcken, Grüppchen von Mountainbikern und russisch sprechende Spaziergängerinnen in Stöckelschuhen. Ein buntes Gewimmel, ein dauerndes Kommen und Gehen. Weniger als zehn Personen befanden sich nie auf dem Podest. Er setzte sich wieder neben sein Bike und fühlte sich geborgen, hier inmitten der vielen Menschen.

Plötzlich war das Auto da. Richter hatte es nicht kommen gehört. Er sah Silber, Grün, Blaulicht und erstarrte. Bloß nicht hinsehen! Der Wagen hielt, der Motor lief weiter. Richter wurde blass, er fühlte, wie sein Blut versackte. Falle – absolute Falle. Von der Plattform konnte er nicht mehr entkommen. Am Ausgang stand der Streifenwagen. Vorsichtig drehte er den Kopf. Ein großer Kombi, ein älterer 5er-BMW. Solch ein Polizeifahrzeug hatte er hier noch nie gesehen. Und wieso grün? Seit einiger Zeit waren die Autofarben doch Blau, Silber mit Blau. Wenn die Polizisten näherkamen, hatte er keine Chance mehr. Wenn sie ihn erkannten, wenn sie seinen Rucksack durchsuchten und die Waffe fanden, war alles aus. Dann konnte er nur noch springen. Nach vorne, in die Tiefe, in den sicheren Tod!

Er drehte den Kopf wieder zur Seite, wartete. Nichts geschah. Dann sah er wieder hin. Bikerhelm und Sonnenbrille schützten ihn noch ein wenig. Immer weggucken – auch verdächtig. Einzelne Spaziergänger verließen die Plattform, gingen unbehelligt am Streifenwagen vorbei und schauten interessiert hinein. Die beiden

Beamten, nein, es waren zwei Frauen, Polizistinnen, schienen miteinander zu sprechen.

Wenn sie kamen, wenn sie ihre Waffen zogen, dann … Sollte er wirklich springen?

Sie nahmen ihm die Entscheidung ab. Langsam setzte sich der BMW wieder in Bewegung und fuhr weiter. GP las Richter vom Kennzeichen ab. Göppingen. Bedeutete das Bereitschaftspolizei? War schon eine ganze Hundertschaft hinter ihm her?

Hinter ihm, der gegen einen schwachsinnigen Nationalpark kämpfte?

Hinter ihm, der für einen gepflegten Wald kämpfte?

Hinter ihm, auf dessen Warnungen niemand reagieren wollte?

Hinter ihm, der deshalb zum Mörder geworden war.

Zum Mörder vom Gottle, dem Hasenzüchter, den er mit einem gezielten Kopfschuss von seinem uralten Traktor direkt ins Jenseits befördert hatte.

Zum Beinahe-Mörder von Rosanna van de Loo und von Hans-Jörg Günther.

Zum Mörder von Alf, den er noch am Tag zuvor innig gestreichelt hatte.

Er erschrak vor sich selbst.

Wie konnte er nur so weit kommen?

Alles nur wegen seiner Verbohrtheit!

Alles nur wegen seiner Überzeugung, so könnte er – er ganz alleine – den Nationalpark noch verhindern.

Lohnte es sich, dafür in den Knast zu gehen?

Lohnte es sich, dafür in die Tiefe zu springen?

Nein! Er entschied: Nein!

Ich stelle mich nicht und ich stürze mich auch nicht über die Brüstung!

Selbst, wenn mein Plan gescheitert ist, selbst wenn der BLUTSPECHT nicht mehr fliegen kann, ein Reinhard Richter gibt nicht auf!

Ein Reinhard Richter kämpft!

Ein Reinhard Richter hat noch eine Zukunft.

Ein Reinhard Richter findet das Schlupfloch im Netz!

Ein Reinhard Richter hat immer wieder Glück!

Der Streifenwagen ist weitergefahren, das ist doch ein Zeichen.

Das ist wieder einmal pures Glück!

Er stand auf, nahm den Rucksack und trat nochmals an das Geländer der Plattform. Einige Momente lang schweifte sein Blick über das Wäldermeer seiner Heimat. Tief nahm er das Bild in sich auf. Lange würde er es nicht mehr sehen können, wahrscheinlich nie mehr. Seine Augen bekamen einen feuchten Glanz.

Dann drehte er sich abrupt um, schnappte sein Fahrrad und fuhr los. Irgendwo musste er unterschlüpfen. Irgendwo musste er unsichtbar werden. Irgendwo musste er sich verkriechen, bis der ganze Polizeizirkus vorüber war.

Ein, zwei, drei Tage. Vielleicht noch länger. Dann würde die Suchaktion zu teuer werden. Dann würde sich die Polizei wieder aus dem Wald zurückziehen. So lange konnte er sich verbergen.

Er kannte die Quellen und er wusste, wo Beeren zu finden waren. Himbeeren, Brombeeren und vielleicht noch ein paar letzte Heidelbeeren. Wasser und Beeren würden ihm reichen. Von allem gab es reichlich. Der Wald würde ihn ernähren und ihm Obdach gewähren.

Ein paar 100 Meter vom Ellbachseeblick entfernt, als keine anderen Menschen mehr zu sehen waren, stieg er vom Rad, nahm es auf die Schulter und tauchte in einen Jungwald ein. Auf der Sturmfläche dort hatte sich reichlich Verjüngung eingestellt. Seit *Lothar*, dem Weihnachtsorkan vor fast 14 Jahren, waren die Sämlinge kräftig gewachsen. Es kostete ihn große Mühe, sich durchzuwinden, und so ließ Richter das Mountainbike bald zurück. Jetzt befand er sich so weit vom Weg entfernt, dass das mattschwarze Rad keinesfalls mehr entdeckt werden konnte. Trotzdem entschied er sich für eine weitere Tarnung. Er holte sein scharf geschliffenes schwedisches Jagdmesser aus dem Rucksack, schnitt damit eine Handvoll Fichtenäste und warf die über das Rad.

Dann kämpfte sich Richter weiter durch das Dickicht. Häufig standen die Bäumchen so dicht, dass kein Durchkommen war und er zurück musste, um seitwärts einen Durchschlupf zu finden.

Ein weiteres Hindernis waren zahlreiche entwurzelte Baumstümpfe, die in skurriler Weise in die Höhe standen. Eine deutliche Erinnerung an die Urgewalt der Orkanböen. Manche der riesigen Tellerwurzeln hatte man mit Seilwinden wieder zurückgezogen. Bei vielen war das aber gar nicht möglich gewesen, und so lagen diese immer noch kopfüber da.

Genau eine solche Wurzel suchte und fand Reinhard Richter. Schräg wie ein Dach ragte der ausladende Teller nach oben. In den Hohlraum darunter stopfte er einige Weißtannenzweige – die mit den weichen Nadeln – dann schob er sich selbst rückwärts in das Loch. Er fühlte sich wie ein Keiler, der es sich in seinem Kessel gemütlich macht.

Den Rucksack zog er auch hinein und schmiegte sich dicht an ihn. Mit dem zusammengerollten Tarnanzug als Kopfkissen und seinem weiten Islandpullover als Decke schlief Richter innerhalb weniger Minuten ein, obwohl es erst später Nachmittag war.

Tiefen Schlaf fand er allerdings nicht. Immer wieder wachte er auf. Vor allem das Hubschraubergeräusch in der Ferne beunruhigte ihn. Manchmal war das Knattern zu hören, dann herrschte wieder minutenlange Stille. Ob die Maschine mit einer Wärmebildkamera ausgerüstet war? Vermutlich schon – hoffentlich schirmte ihn das Holz der dicken Wurzeln genügend ab.

Er hatte Glück. Der Hubschrauber musste nach einigen Stunden erfolgloser Suche zum Stützpunkt zurückfliegen und hatte sich nur die Wälder vornehmen können, die unmittelbar rings um Mitteltal angrenzten. Für den nächsten Tag war ein erneuter Versuch geplant. Die Führung der »Soko BLUTSPECHT« hielt es für zumindest nicht ausgeschlossen, dass der Fahrer des Wohnmobils zu Fuß unterwegs war und sich irgendwo im Wald versteckte. Aus diesem Grund waren Streifenfahrzeuge die ganze Nacht im Einsatz und insgesamt zwölf Diensthundeführer zu Fuß unterwegs.

Doch Richter überstand die Nacht, ohne dass er entdeckt worden wäre. Leicht gerädert kroch er am frühen Morgen aus seiner Höhle.

Er reckte und streckte sich, dann schlich er vorsichtig zurück in Richtung Weg, um nach seinem Bike zu sehen. Richter atmete auf. Es lag immer noch so gut getarnt zwischen den kleinen Fichten, wie er es gestern hingelegt hatte. Schnell huschte er zurück zum Versteck und kramte im Rucksack.

Nur ein knapper halber Liter war noch in der Wasserflasche. Er nahm einen winzigen Schluck. Die Quellen kannte er zwar, aber die nächste war ziemlich weit unten im Tal. Der Weg dorthin würde auf jeden Fall ein Risiko bedeuten. Deshalb nahm er sich vor, möglichst wenig zu trinken.

Mit dem Essen hatte er mehr Glück. Zu seiner Überraschung steckten in einer Seitentasche des Rucksacks noch drei Energieriegel. Er konnte sich gar nicht mehr erinnern, wann er die dort reingesteckt hatte. Das musste schon sehr lange her sein, denn das Haltbarkeitsdatum war bereits um mehrere Monate überschritten.

Doch egal – er konnte hier ausharren, und wenn keine Hundemeute daherkam, würde ihn niemals jemand unter dem Wurzelteller finden. Ein kleiner freier Platz daneben bot sich als Sitzgelegenheit an. Richter konnte sich sogar anlehnen, und nach einer halben Stunde begannen die Strahlen der Morgensonne ihn zu wärmen. Ein echt idyllisches Plätzchen. Er schloss die Augen und döste umgehend wieder ein.

Das wäre ihm fast zum Verhängnis geworden. Wieder kam der Hubschrauber von hinten über den Wald, und Richter hörte ihn nicht früh genug, um noch in seinem Loch verschwinden zu können. Instinktiv ließ er sich zur Seite fallen und hoffte, dass die Deckung der übermannshohen Fichten genügte. Wäre die Maschine direkt über ihn weggeflogen, hätte er sicherlich keine Chance gehabt. Richter hob vorsichtig den Kopf und sah, wie der Helikopter geradewegs nach Mitteltal hinunter flog. Okay, die gingen zur Landung. Das war jetzt noch kein Suchflug gewesen, doch was würde ihn heute hier erwarten? Ob die Technik ihn auch in der Höhle erkennen konnte? Sollte er es darauf ankommen lassen? Sollte er abwarten, ob die Maschine überhaupt in seine Nähe käme, oder wäre es dann zu spät zur Flucht? In Richters Kopf schossen die Gedanken wirr durcheinander. Schließlich entschied er sich … für die Flucht nach vorne! Vielleicht schaffte er es, den Kniebis zu erreichen, und dann nichts wie weg – runter ins Wolftal. Obwohl – seine »Nichts-wie-weg-Pläne« hatten irgendwie bisher alle nicht funktioniert. Er brauchte eine bessere Strategie.

11

Der BLUTSPECHT setzte sich wieder bequem hin, schloss erneut die Augen und atmete tief und langsam durch. In der Ruhe liegt die Kraft! Er ließ die Schultern fallen und zählte langsam von 100 rückwärts: 100, 99, 98, 97 … Bei 78 fühlte er sich schon ganz leicht, und bei 64 öffneten sich die Schleusen zu seinem Unterbewusstsein. Es war jetzt kein angestrengtes Nachdenken mehr, sondern ein Fluss, breit, gemächlich und stetig strömend. Er schwamm völlig schwerelos in der Flut seiner Gedanken. Sie nahm ihn mit, trug ihn fort, trieb ihn an ein neues Ufer.

Als er die Augen wieder aufschlug, hatte er jegliches Zeitgefühl verloren. Keine Ahnung, wie lange er auf seine innere Stimme gehört hatte, doch wie es weitergehen musste, stand ihm jetzt glasklar vor Augen. Noch heute würde er ihnen entkommen. Heute, aber erst gegen Abend. Dann, wenn der Strom der Touristen wieder deutlich zurückgegangen war. Dann konnte er es wagen. Blitzschnell musste alles gehen, doch er hatte keine Bedenken. So und nicht anders konnte er von hier entfliehen. So würde er ihnen entwischen.

Am späten Nachmittag zog die »Soko BLUTSPECHT« vorläufige Bilanz. Es war der zweite Tag nach dem Mordanschlag auf Gottfried Gaiser.

»Wir haben fast alles«, fasste Franz-Otto Kühn zusammen. »Wir wissen, wer der Täter ist, wie er aussieht und wo er gewohnt hat. Wir haben seine Computer analysiert, seine Unterlagen durchgestöbert, seine DNA verglichen und sein Jagdhaus auf den Kopf gestellt. Wir kennen fast sein ganzes Leben, nur zwei Dinge wissen wir nicht.«

Kühn machte eine kurze Pause und Lindt ergänzte trocken: »Wo er ist und wieso er das getan hat. Zwar nur Kleinigkeiten, aber eben die entscheidenden Kleinigkeiten.«

»Beginnen wir mit dem Wieso. Wieso wählt einer diesen Weg, um gegen den Nationalpark zu kämpfen?«, ergriff Rudi Rauch das Wort. »Wir können ihn nicht fragen – noch nicht fragen – deshalb beginnen alle Antworten mit ›vielleicht‹. Vielleicht aus beruflichen Gründen. Der Holzhändler sieht seine Existenz gefährdet. Vielleicht aus Frustration. Die ganze Protestflut hat nichts genutzt, der Park wird trotzdem kommen. Oder vielleicht aus völliger Selbstüberschätzung. Ich bin der Große, der Mächtige, der Unbekannte, kurz gesagt, ich bin der Einzige, der jetzt den Park noch zu Fall bringen kann. Es liegt allein in meiner Hand.«

»Gestört? Oder?«, fragte Paul Wellmann. »Wer so denkt, bei dem stimmt es doch im Oberstübchen nicht mehr.«

Der runde Rudi schmunzelte: »Paul, das war zwar nicht wissenschaftlich korrekt ausgedrückt, aber trotzdem völlig richtig. Die Persönlichkeitsstruktur des Reinhard Richter dürfte ziemlich problematisch sein.«

»Das sagen doch auch seine früheren Freundinnen«, stimmte Oskar Lindt zu. »Die eine hat es früher gemerkt, die andere später, aber das Verhaltensmuster von Richter war immer gleich. Sobald eine der Frauen aufmuckte und anfing, zu kritisieren oder sich zu beschweren, flog sie raus. Und zwar blitzschnell! Richter duldet offensichtlich nicht die geringste Beeinträchtigung seines Lebens. Er ist einer, der seine Ziele unbeirrt verfolgt. Entweder, du gehst meinen Weg mit, oder du kannst gehen. Klare Ansage: Ende – aus!«

»Würdest du ihn als rücksichtslos bezeichnen?«, fragte Paul Wellmann. »Als einen, der über Leichen geht?«

Lindt wiegte seinen Kopf unschlüssig hin und her: »Vielleicht ist das nicht das passende Wort. Er ist nicht dumm, so viel steht fest, aber er ist konsequent. Hat er einmal die Richtung festgelegt, hält er daran unter allen Umständen fest.«

Kripochef Kühn schaltete sich ein: »Gut und recht, diese tiefenpsychologischen Betrachtungen. Das mag ja alles stimmen, aber es bringt uns im Moment nicht wirklich weiter. Mich interessiert viel mehr, welche Richtung er für sein Verschwinden festgelegt hat.«

»Eines hat mit dem anderen zu tun«, antwortete Rudi Rauch. »Wenn wir wissen, wie er tickt, können wir uns vorstellen, wie er handeln wird.«

Lindt sah das nicht ganz so. »Für die bisherigen Attentate stimmt das. Absolut geradlinig hat er sein Ziel verfolgt. Kein Personal, kein Nationalpark. Völlig wertfrei betrachtet, ist das eine glänzende Idee, auf die erst mal jemand kommen muss. Wenn die Politik nicht einlenkt, folgt der nächste Anschlag. Immer eine Stufe brutaler. Niemals die Richtung aus den Augen verlieren. Jetzt hat sich seine Situation aber grundlegend verändert. Jetzt hat er alles verloren und kann sein Ziel nicht mehr erreichen. Was also wird er tun?«

Rudi Rauch nickte: »Nicht schlecht, deine Analyse, Oskar. Ich stimme dir zu. Lass uns genau so weiterdenken. Zwei Möglichkeiten: Entweder er macht blindwütig noch einen Anschlag …«

»… oder er erkennt: aus! Ich muss mir ein anderes Ziel setzen«, ergänzte Lindt. »Ich halte ihn für so intelligent, dass er weder sein Leben noch seine Freiheit verlieren will.«

»Also wird er fliehen«, folgerte Paul Wellmann. »Weg, so schnell es geht. Weit weg, auf Nimmerwiedersehen.«

»Und wie wird er das tun?«, überlegte Franz-Otto Kühn. »Wird er es wagen, Bahn oder Bus zu benutzen, so wie bei seiner Flucht über Allerheiligen und Oppenau?«

»Eher nicht«, schüttelte Rauch den Kopf. »Das hat einmal funktioniert, als wir noch nicht so gut darauf vorbereitet waren. Jetzt muss er annehmen, dass alle Bahnhöfe überwacht werden, und sich deswegen einen anderen Weg suchen.«

»Wenn er nicht schon weg ist«, warf Wellmann ein.

»Ganz ausschließen können wir das nicht, Paul«, meinte Lindt, »aber ich vermute, dass er sich noch irgendwo verborgen hält, um zu warten, bis die Luft wieder rein ist. Ein Jäger eben. Hält still und lauert.«

»Und da kommen wir ins Spiel«, setzte der runde Rudi diesen Gedanken fort. »Wir suggerieren ihm, dass unsere Aktion vorbei ist, und warten, bis er sich aus seinem Versteck traut. Dann schlagen wir zu!«

»Schön, Rudi«, runzelte Kühn die Stirn. »Wenn du mir jetzt noch sagst, wo?«

»Überall und nirgends. Das ist eben unser Handicap. Falls er zu Fuß unterwegs ist, befindet er sich noch irgendwo im Umkreis von ein paar Kilometern. Hat er ein Fahrrad oder gar etwas Motorisiertes, dann kann er schon sehr weit weg sein.«

In diesem Moment unterbrach das Klingeln eines Mobiltelefons die Strategieplanung. Franz-Otto Kühn nahm es aus der Innentasche seines Sakkos und meldete sich. Die anderen im Raum hörten zwar nur, was Kühn sagte, doch das war eindeutig.

»Was? Gibt's ja nicht! … Gestern? Auf der Plattform? Wirklich? Zwischen den ganzen Touristen? … Wie bitte? Eine Streife von der BePo? Mann, unglaublich. Ich werd' verrückt! … Kein Irrtum möglich? … Die Zeugin ist eine Kollegin von uns, die gerade hier Urlaub macht? … Okay, dann setz ich die Truppen in Marsch!«

Kühn warf das Handy auf den Tisch, griff zum Telefon und drückte die Nummer der Einsatzzentrale.

»Alle Mann auf den Kniebis«, befahl er kurz und knapp. »Ja, alle 120, die gesamte Soko. Der Hubschrauber muss umgehend wieder anfliegen, und beschaff Hunde, so viele wir kriegen können. Treffpunkt beim

Skistadion. Dort wird auch der Einsatzleit-Bus stationiert. Abmarsch!«

Dann drehte sich Kühn wieder zu den Kollegen im Raum: »Das war der Postenführer von Baiersbronn, der Rainer Rothfuß. Bei dem sitzt gerade ein Ehepaar, das schwört Stein und Bein, dass der Reinhard Richter gestern auf dem Kniebis war. Auf dem neuen Aussichtspodest am Ellbachseeblick, zwischen zig Besuchern. Heute Nachmittag haben sie sein Bild in der Zeitung gesehen und waren sich beide sofort sicher. Der hatte zwar Fahrradhelm und Brille auf, aber sie haben ihn trotzdem erkannt.«

»Volltreffer!«, jubelte Rudi Rauch. »Genau darauf haben wir gewartet. Ich garantiere, der hockt dort irgendwo im Unterholz.«

»Der Hubschrauber wird ihn aufspüren. Die Besatzung wird sich zwar ärgern, dass wir sie vor zwei Stunden heimgeschickt haben, aber da müssen die jetzt eben durch.«

»Was ist mit der Bereitschaftspolizei?«, wollte Rudi Rauch wissen.

Kühn bekam einen roten Kopf: »Unglaublich. Eine Streife von denen war dort. Genau am Aussichtspunkt. Genau zu der Zeit, als auch der Richter da war. Die hätten den nur einladen müssen, aber anscheinend sind sie nicht mal aus ihrem Wagen gestiegen.«

»Nicht zu fassen«, empörte sich auch Rauch. »Die nehm ich mir aber zur Brust!«

Kühn grinste: »Vorsicht Rudi, anscheinend beide weiblich.«

Schallendes Gelächter füllte den Raum.

Oskar Lindt hakte nach: »Hab ich das richtig mitbekommen? Wer hat ihn erkannt? Eine Kollegin, die mit ihrem Mann im Urlaub dort gewandert ist?«

»Ja, und auch noch eine aus deinem Präsidium. Rita Rupp heißt sie.«

»Ach was«, schüttelte Lindt den Kopf. »Sieh mal an. So klein ist die Welt. Die Rita vom Raub. Die kennen Paul und ich natürlich schon ewig.«

»Schön für euch, aber für Polizeifamilie haben wir jetzt echt keine Zeit. Sattelt die Hühner. Abfahrt zum Kniebis. Die Treibjagd beginnt!«

Lindt und Wellmann ließen sich von der allgemeinen Aufbruchshektik nicht anstecken und gingen als Letzte aus dem Konferenzraum.

»Ist ja unglaublich frech, sich einfach unter die Leute zu mischen«, meinte Paul Wellmann.

Lindt sah ihn erstaunt an. »Wieso frech? Eher intelligent. Beste Tarnung in der Menge. Wer schaut da schon genau hin? Und genau deshalb habe ich Bedenken, ob er jetzt immer noch dort irgendwo zu finden ist. Der kann uns genauso gut durch die Maschen geschlüpft sein.«

Wie so häufig sollte Lindt mit seiner Ahnung recht behalten, allerdings nur teilweise, denn der BLUTSPECHT war gerade erst dabei, seinen Fluchtplan in die Tat umzusetzen.

Der Polizeihubschrauber Bussard hatte den ganzen Vormittag die bewaldeten Hänge zwischen Baiersbronn und Obertal abgeflogen. Einmal war er auch Reinhard

Richters Versteck gefährlich nahegekommen, sodass der sich schleunigst unter seine dicke Wurzel zurückzog. Seit zwei Stunden aber lag kein Knattern mehr in der Luft, und Richter vermutete zurecht, dass man die Suche abgebrochen hatte. Jetzt konnte er loslegen. Jetzt am späten Nachmittag galt es, alles auf eine Karte zu setzen.

Der Hubschrauber war weg, und der BLUTSPECHT bereitete ebenfalls seinen Abflug vor. Unnötigen Ballast musste er abwerfen, deshalb ließ er schweren Herzens sein geliebtes mattschwarzes Mountainbike zurück. Schade drum, aber ein Rad ließ sich ersetzen, die Freiheit nicht. Auch den Bikerhelm nahm er nicht mit und setzte stattdessen die sandfarbene Mütze auf. Tief zog er den Schirm ins Gesicht, als er sich vorsichtig aus dem Jungwald schob, die grüngetönte Sportbrille zurechtrückte, den Rucksack schulterte und als Schwarzwaldwanderer in Richtung Kniebis ging. Seine Ortskenntnis kam ihm wieder einmal zugute, denn er kannte eine Route, die ihn überwiegend auf schmalen Wegen, über Teile des Heimatpfades und auf dem Räuberwegle an sein nächstes Ziel führte. Autos konnten ihm dabei nicht überall folgen.

Nach einer guten Viertelstunde erreichte er den Waldrand an der Bundesstraße. Ein breiter Parkstreifen zog sich entlang der B 28, und auch auf der gegenüberliegenden Straßenseite bei der bewirtschafteten Kniebishütte gab es umfangreiche Parkmöglichkeiten. An Wochenenden und in der Feriensaison standen die

Wagen hier dicht an dicht. Jetzt, am frühen Abend dieses herrlich sonnigen Septembertages, war nicht mehr ganz so viel los. Genau, wie er es erwartet hatte.

Richter nutzte den Fußweg, der parallel zur Straße, geschützt hinter den ersten Baumreihen verlief. Schmal, schattig und trotzdem mit vollem Ausblick auf die parkenden Wagen. Genau auf die hatte er es abgesehen.

Er ging den Weg entlang, einmal hoch und einmal runter, um einen Überblick zu bekommen. Im Moment erblickte er nichts Passendes.

Eine Familie mit zwei kleinen Kindern im VW Sharan – ungeeignet.

Das ältere Ehepaar im Opel Astra – ungeeignet.

Drei junge Frauen mit Walkingstöcken im Golf – passt auch nicht.

Ein 40-jähriger Audifahrer mit Rennrad auf dem Dach – zu gewagt.

Alles, war vor seinen Augen einparkte oder kurz vor dem Wegfahren war, konnte er nicht gebrauchen.

Langsam wurde er nervös. Immer öfter schaute er die Straße entlang. Auch die Autos auf dem großen Parkplatz gegenüber nahm er genau in Augenschein. Gefährlich wurde es, wenn zwei Personen auffällig unauffällig in einem Wagen saßen, ohne auszusteigen.

Er konnte allerdings nichts Besonderes entdecken und beruhigte sich wieder ein wenig. Hier und da sah er ein paar Leute, und auch der Obststand weiter vorne hatte Kundschaft, aber er bemerkte nichts, was nach

Polizei aussah. Direkt an der vielbefahrenen Straße würden sie ihn ohnehin nicht vermuten.

Reinhard Richter suchte eine ganz bestimmte Konstellation, und er war sich ziemlich sicher, dass er nicht mehr lange warten musste, bis ihm ein geeignetes Auto mit einer einzelnen Fahrerin vor die Füße rollte.

Tatsächlich ging sein Traum in Erfüllung. Offensichtlich parkplatzsuchend fuhr ein älterer Mercedes recht langsam vorbei. Coupé, zweitürig, natürlich silberfarben. Er erhaschte einen schnellen Blick in den Innenraum. Ja, das war's. Ältere Frau hinterm Steuer. Nicht weit von Richter parkte sie ein.

Jetzt gilt's! Mit wenigen Schritten war er dort und trat von der Straßenseite an die überraschte Frau heran, die gerade ausgestiegen war. Im Hosenbund steckte sein langes Jagdmesser in der Lederscheide. Ein schneller Griff, er zog das blitzende Metall heraus und hielt es der Seniorin an die Brust. Die Frau riss die Augen auf und wurde kalkweiß.

»Autoschlüssel – schnell, dann passiert dir nichts«, zischte er zwischen den Zähnen hervor. Ohne zu warten, riss er ihr den Schlüsselbund aus der Hand.

»Jetzt komm – Kofferraum auf!«, befahl er. Die Frau bewegte sich nicht. Starr vor Schreck stand sie da. Richter packte ihren Arm und zog sie brüsk zum Fahrzeugheck. »Wenn du schreist, stech' ich dich ab!«

Er drückte den Knopf, der Kofferraumdeckel sprang auf. »Rein da, los!« Die Frau stand wie eine Salzsäule. Richter schaute sich schnell um. Kein Wagen in Sichtweite, niemand auf dem Parkplatz gegenüber. Er hob die Frau am Hosenbund in die Höhe und schob sie sekundenschnell in das tiefe Kofferraumloch. Sie klappte zusammen wie ein Taschenmesser. Deckel zu!

Er warf den Rucksack auf den Rücksitz, schwang sich hinters Steuer, drehte den Schlüssel und schob den Automatikhebel auf R. Raus aus der Parklücke und fort! Ja, diesmal machte ihm niemand einen Strich durch die Rechnung.

Reinhard Richter drückte aufs Gas.

Die Verkäuferin drückte aufs Handy.

1-1-0. »Polizeinotruf.«

»Entführung! Auf dem Kniebis ist gerade eine Frau entführt worden. An der Bundesstraße, nicht weit von meinem Obststand. Kommen Sie schnell. Ein Mann hat sie in den Kofferraum gestoßen. Jetzt haut er ab.«

Parallel zum Telefonat drückte der diensthabende Beamte bereits mehrere Alarmknöpfe. »Was für ein Fahrzeug?«, fragte er ruhig.

»Silbern, ja silberfarbig, ich glaub, ein Mercedes, ach so, nur zwei Türen.«

»Wohin ist er gefahren?«

»Die Straße weiter zur Alexanderschanze!«

»Autonummer?«

»War zu weit weg – leider.«

»Wir sind unterwegs!«

Die Anruferin staunte nicht schlecht, als sie bereits eine knappe Minute nach ihrer Meldung ein Martinshorn hörte. Im Tiefflug schoss der schwarze Kombi mit aufgesetztem Blaulicht an ihrem Stand vorüber. In der Ferne hörte sie schon weitere Sirenen.

Reinhard Richter dagegen ahnte nicht, dass sie ihm auf den Fersen waren. Voller Freude über seine gelungene Flucht und über den komfortablen Reisewagen nutzte er die Beschleunigung des Sechszylinders voll aus. Kickdown, und die Karre flog förmlich nach vorne. Wunderbar! Damit kam er bis nach Frankreich – oder nach Spanien – oder nach Portugal oder nach …

Jetzt erst mal zur Zuflucht und dann die Oppenauer Steige runter. Immer Richtung Straßburg.

Kurz vor der Alexanderschanze war er immer noch viel zu schnell. Gerade so schaffte Richter die Abzweigung auf die B 500. Die Reifen quietschten, das Heck brach aus, aber routiniert steuerte er gegen. Tolle Straßenlage, wozu braucht diese alte Schnepfe so einen …

Richter riss die Augen auf. Blaulicht! Dort vorne, in der Ferne. Sie kamen ihm entgegen! Zwei Streifenwagen. Nebeneinander! Oh Gott!

Rechts die Rettung, ein Waldweg. Er bremste scharf, warf den Mercedes herum, der schlingerte, fing sich wieder. Gib Gas! Du musst sie abhängen! Mit 100 Sachen prügelte er den Wagen derart brutal das gerade Sträßchen abwärts, dass die Schottersteine nur so im Stakkato auf den Unterboden prasselten. Den Rückspiegel hielt er permanent im Blick. Noch nichts zu sehen. An der ersten Abzweigung flog er vorüber. Er nahm die zweite nach rechts. Runter ins schmale Tal bis zur nächsten Kehre. Dort nochmal nach rechts und steil bergauf. Richter blieb voll auf dem Gas. Die Hinterräder drehten auf dem lockeren Untergrund andauernd durch. Dreckfontänen spritzten nach hinten. Mehrere Minuten blieb er auf diesem Weg, dann bremste er vor einer spitzwinkligen Abzweigung. Nach unten zum Ellbachsee oder hoch Richtung Kniebis?

Sekundenschnell entschied er: Hoch! Also rechts, nächste links. Immer wieder polterte der Mercedes über Steinbrocken, die im Weg lagen. Gleich hatte er es geschafft! Dort vorne kam das geteerte Buchschollensträßchen, der direkte Weg zurück zur Bundesstraße. An der Einmündung sah er entfernt von rechts einen dunklen Wagen heranbrausen. Vollbremsung, Rückwärtsgang, nächster Weg links. Wieder Vollgas. Die nächste Abzweigung kam bei der Aussichtsplattform. Blaulicht von rechts. Richter bremste nicht. Der Streifenwagen auch nicht. Knall! Sie prallten zusammen, Ecke auf Ecke. Die Polizei flog in den Graben, auch der demolierte Mercedes schleuderte und blieb schräg auf dem Weg stehen.

Reinhard Richter hechtete hinaus, rannte auf die Plattform. Zwei Polizisten folgten dichtauf. Er schnappte sich eine junge Frau, drehte sich mit ihr um und hielt ihr das Messer an den Hals. »Keinen Schritt weiter!«, schrie er die beiden Uniformierten an. »Waffen weg, sonst …«

Die Beamten blieben stehen. »Messer weg! Geben Sie auf!«

Richter dachte nicht dran. Er blieb hinter der Frau, hielt ihren Arm auf den Rücken gedreht. Vor Schmerz stöhnte sie laut. Egal, sie war sein Schutzschild. Niemand würde wagen, zu schießen. »Waffen weg!«, schrie er noch einmal wie von Sinnen, und die Polizisten gehorchten. Langsam legten sie die Pistolen auf die dicken Douglasienbohlen. »Zurück!«, befahl Richter und schob die Frau einige Schritte nach vorne. Dort drückte er sie zu Boden, das scharfe Messer immer direkt an ihrem Kehlkopf. Mit einer schnellen Bewegung warf der BLUTSPECHT sein Messer fort und schnappte sich eine der Pistolen, eine alte Walther P5. Der anderen gab er einen kräftigen Tritt, sodass sie vom Podest flog. Er zielte auf die Beamten: »Handschellen raus! Aneinander festmachen!«

Die entwaffneten Polizisten hatten keine Wahl. Langsam griff einer nach den Stahlfesseln im Gürteletui. In diesem Moment kam der schwarze VW-Passat. Zwei zivile Fahnder sprangen heraus und verschanzten sich hinter dem Auto. Die Läufe ihrer Pistolen zielten auf Richter. Der warf sich blitzartig mit der Frau zu Boden und drückte ab. Die Scheibe des dunklen Wagens zersplitterte. »Alle weg, ich meine es ernst!« Die Uniformierten zogen sich Schritt für Schritt zurück, die Zivilen blieben in Deckung. »Lassen Sie die Frau los! Geben Sie auf!«

Zwei Schüsse in schneller Folge waren die Antwort. Alle trafen das Heck des Kombis. Benzin tropfte zu Boden. »Der Tank!«, schrie einer der Fahnder. Tief gebückt rannten beide im Schutz des Wagens davon.

Richter jagte noch einen Schuss in die Richtung. Funken sprühten, eine Stichflamme schoss empor. Sekunden später stand der Passat im Flammen. Schwarzer beißender Rauch breitete sich aus und nahm die Sicht.

Jetzt zielte Richter auf die uniformierten Polizisten, die ungeschützt zwischen ihm und dem brennenden Kombi standen. »Herkommen! Einer streckt den Arm da durch!« Er zeigte auf das Holzgeländer des Podests. »Schneller, sonst knallt's!«

Die Beamten taten, wie befohlen. »So, jetzt die Handschellen dran!« Mit einem verzweifelten Gesichtsausdruck gehorchten sie und fesselten sich aneinander.

Richter stieß die Frau nach vorne in Richtung des Mercedes. Der stand zwar schräg, aber in Fahrtrichtung bergab. Der brennende Passat blockierte den Weg weiter oben. Niemand konnte ihm folgen. Er riss die Fahrertür auf, schubste die Frau weg und ließ sich in den Sitz fallen. Der Motor lief noch.

In dem Moment kamen zwei Wagen von unten. Richter hechtete wieder hinaus, bekam die Frau erneut zu fassen und zog sie hinter sich her auf die Plattform. Ein Schuss krachte. Dicht neben seinem Fuß schlug das Geschoss ein. Holzsplitter trafen ihn. Er warf sich mitsamt seinem Schutzschild zu Boden. Schräg liegend schob er sich langsam rückwärts, die Pistole am Hinterkopf der Frau. An der äußersten Brüstung richteten sie sich gemeinsam wieder auf. Drei Wanderer hockten dort totenbleich in der Ecke und hielten bibbernd ihre Köpfe zwischen den Knien.

»Verschwindet! Ich hab nichts mehr zu verlieren!«, schrie Richter den neu hinzugekommenen Polizisten entgegen, die sich hinter ihren Wagen in Deckung befanden.

»Geben Sie auf! Sie haben keine Chance!«, kam es zurück.

Richter antwortete mit zwei schnellen Schüssen auf die Autos. Dann zielte er unter den vordersten Wagen und drückte ab. »Aaaah!« Ein schmerzverzerrter Schrei. Treffer! Einen dahinter hab ich erwischt!

Im Augenwinkel sah er auf der rechten Seite eine Bewegung. Ein Zivilfahnder hechtete die Böschung hinunter. Richter schoss im Reflex und traf ihn ins Becken. Der Mann blieb regungslos vor einer Fichte liegen.

Jetzt zielte er wieder zur anderen Seite. In diesem Moment sackte die Frau ohnmächtig zusammen. Kraftlos entglitt das Schutzschild seinem Griff und polterte zu Boden. Jetzt stand er völlig frei. Instinktiv drückte er erneut den Abzug der Pistole. Klick! Magazin leer!

Ohne zu zögern, drehte sich Reinhard Richter um, sprang mit einem Satz auf die Brüstung der Aussichtsplattform und breitete die Arme aus. Mit einem Blick auf das Wäldermeer um den Ellbachsee trat der BLUTSPECHT seinen letzten Flug an.

ENDE

Weitere Krimis finden Sie auf den folgenden Seiten und im Internet:
www.gmeiner-verlag.de

Bernd Leix
Fächertraum
978-3-8392-1010-9

Ebenso spannende wie entspannende Lektüre nach anstrengendem Arbeitstag oder als Beigabe zum Urlaubskoffer.«
Schwarzwälder Bote

»Warum immer im Herbst?« Besonders viele Todesanzeigen füllen in der neblig-dunklen Jahreszeit die Zeitungen. Die düstere Stimmung lastet auch auf Oskar Lindt, dem Chefermittler der Karlsruher Mordkommission. Friedhöfe ziehen ihn magisch an, seltsame Träume verfolgen ihn.

Lindts neuer Fall führt ihn in das Milieu des äußerst profitablen Zigarettenschmuggels. Doch ein Tatort voller weißer Bettfedern, getränkt mit rotem Blut, gibt ihm den Rest – der Fächerstadt-Kommissar gerät völlig aus dem Gleichgewicht …

GMEINER

Wir machen's spannend

Unser Lesermagazin

2 x jährlich das Neueste aus der Gmeiner-Bibliothek

24 x 35 cm, 40 S., farbig; inkl. Büchermagazin »nicht nur« für Frauen und HistoJournal

Das KrimiJournal erhalten Sie in Ihrer Buchhandlung oder unter www.gmeiner-verlag.de

GmeinerNewsletter

Neues aus der Welt der Gmeiner-Romane

Haben Sie schon unsere GmeinerNewsletter abonniert?

Monatlich erhalten Sie per E-Mail aktuelle Informationen aus der Welt der Krimis, der historischen Romane und der Frauenromane: Buchtipps, Berichte über Autoren und ihre Arbeit, Veranstaltungshinweise, neue Literaturseiten im Internet und interessante Neuigkeiten.

Die Anmeldung zu den GmeinerNewslettern ist ganz einfach. Direkt auf der Homepage des Gmeiner-Verlags (www.gmeiner-verlag.de) finden Sie das entsprechende Anmeldeformular.

Ihre Meinung ist gefragt!

Mitmachen und gewinnen

Wir möchten Ihnen mit unseren Romanen immer beste Unterhaltung bieten. Sie können uns dabei unterstützen, indem Sie uns Ihre Meinung zu den Gmeiner-Romanen sagen! Senden Sie eine E-Mail an gewinnspiel@gmeiner-verlag.de und teilen Sie uns mit, welches Buch Sie gelesen haben und wie es Ihnen gefallen hat. Alle Einsendungen nehmen automatisch am großen Jahresgewinnspiel mit attraktiven Buchpreisen teil.

GMEINER

Wir machen's spannend